KEITAI
SHOUSETSU
BUNKO
野いちご SINCE 2009

キミが可愛くてたまらない。

＊ あいら ＊

JN178132

● STARTS
スターツ出版株式会社

カバー・本文イラスト／親あおひ

小さい頃からずーっと一緒の
お兄ちゃんみたいな幼なじみ。
ずっとその関係が続くと思っていたのに……。

「お前……俺が男だってわかってる？」
「もう我慢すんのやめた」
「俺はお前のこと……女としてしか見てない」

突然、豹変しちゃって……!?

鈍感で少女マンガみたいな恋に憧れる
恋愛初心者なピュアっ子《 花咲 真由 》
×
無愛想でクール。真由にだけ優しい。
世界は真由を中心に回ってる《 新城 煌貴 》

「俺がどれだけ我慢したと思ってんの？」
「なぁ、もう諦めて俺のもんになって」

強引で甘すぎる幼なじみと

＼スイーツよりも甘～い恋物語／

contents

01 * 私の幼なじみ。

朝の日課 * side真由	10
可愛い幼なじみ * side煌貴	25
突然の告白 * side真由	36
可愛い恋人（仮） * side煌貴	53
ドキドキ……？ * side真由	64

02 * 初めての気持ち。

胸のモヤモヤ * side真由	78
妬かせたい * side煌貴	93
気づいた恋心 * side真由	105
独占欲 * side煌貴	117
キミが好き。 * side真由	126
彼女 * side煌貴	142
恋バナ？ * side真由	152

03 * とびきり甘い恋人。

おはようのキス * side真由	170
運動会 * side煌貴	178
ご褒美は * side真由	197

04＊溺愛されています。

誕生日大作戦＊side真由	208
初めてのアルバイト＊side真由	219
罪悪感＊side煌貴	238
甘い甘い＊side真由	254
プレゼント＊side煌貴	263
幼なじみに溺愛されています。＊side真由	279

番外編

幼なじみ自慢＊side煌貴	286
こうくんは素直＊side真由	298
俺の彼女が可愛すぎる。＊side煌貴	307
半年記念日	315
あとがき	348

01＊私の幼なじみ。

朝の日課＊side真由

　私の朝の日課は、お隣に住む幼なじみの"こうくん"こと新城煌貴を起こすこと。
　幼い頃からのこの習慣は、高校２年生になった今も続いている。
「こうくん、起きて！　朝だよ……！」
　スヤスヤと気持ちよさそうに眠る姿に、申し訳なさを感じながらも声をかけた。
　そっと身体をゆすると、こうくんは「んー……」と眠そうな声を漏らす。
「こうくん、起きてっ！」
「……ん゛ー……あとちょっと……」
「ダメっ、遅刻しちゃうよー！」
「……ねみぃ……」
　こうくんは眉間にしわを寄せ、ようやく起きる気になったのか、のそのそと重たそうに身体を起こした。
　普段はキリッとしていて、クールなイメージが強いこうくんだけど、朝は駄々っ子みたいでちょっと可愛い。
　こうくんって、なんでも完璧にこなすのに、朝起きるのだけはいつまでたっても苦手みたいだなぁ……。
　だから私が、こうして起こしに来ているんだけど。
「……真由、なに笑ってんの？」
「ふふっ、なんでもないよ。それよりこうくん、早く支度

しなきゃっ……！」

　まだ寝ぼけているのか、眠そうにあくびをしているこうくんの手をつかんで、支度を急かした。

「真由ちゃん、いつも起こしに来てくれてありがとう。ほんとに助かるわ〜。煌貴ったら、あたしが起こそうとしてもダメなのよ〜」

　こうくんママが困った顔で私を見る。

「……うるさい」

「もう！　照れちゃって！　これからもうちの息子のことをよろしくね」

　こうくんママの言葉に笑顔を返して、2人でこうくんの家を出た。

　私たちの通う高校までは徒歩15分程度で、いつも2人で登下校している。

　学校が近づくにつれ、女の子たちの視線を感じ始めた。

　それを集めているのは、隣にいるこうくんだ。

　学年が上がるにつれて、ますますモテモテになっている気がする……。

　だって、それもそのはず。こうくんは、幼なじみの贔屓目を差し引いても、カッコいいと思う。

　顔はもちろん、高身長でスタイルもよくて、その上成績も首席。

　運動神経もずば抜けていて、もはや欠点を探すほうが難しいくらい。

　学校内にはファンクラブまで存在するらしく、いつも女

の子からの視線を独り占めしている。
　正門を潜ると、こうくんを見ながら話している女の子たちの声が聞こえた。
「きゃー！　朝から煌貴くんを見られるとかラッキー！」
「ヤバい、カッコよすぎ……！　ほんとモデルみたいにスタイルいいよね」
　みんな、こうくんを見ながら目をハートにさせている。
　でも、話しかけようとする人は1人もいない。
　それもそのはずで……。
「1回でいいから話してみたいなぁ」
「いや無理でしょ。煌貴くんガード固いって有名だし」
　……ガードが固いというか……こうくんはまったく愛想がない。
　女の子に話しかけられても無視。
　挨拶にすら返事もせず、女嫌いという噂が流れるほど。
　みんなそれを知っているから、むやみに近づかない。
　一部からは、"冷血王子"なんてあだ名で呼ばれているとも聞いたことがある。
　なので、この高校でのこうくんの扱いは、"目の保養"ということになっているらしい。
「こうくん、相変わらずモテモテだね」
「……うざい、迷惑」
　本当に鬱陶しそうな表情でそう言ったこうくんに、苦笑いを返した。
　普通の人なら、こんなにモテたら嬉しいと思うんだけど

なぁ……。
 そういえば、こうくんって今までに恋人がいたことはないはず……。
 わ、私もだけど……。
 こんなに一緒にいるのに、恋愛の話はしたことがない気がする。
 好きな人とか、いないのかな？
 そんなことを思ったとき、こうくんを見て騒ぐ女の子たちの会話に、私の名前が混じっていることに気づいた。
 う……もしかしたら「なんであんな子がこうくんの隣に」って言われているのかも……っ。
 単純に、幼なじみで兄妹（きょうだい）みたいに育ったからずっと一緒にいるんだけど、今まで何度もその関係を誤解されたことがある。
 私とこうくんが付き合うなんてありえないのに、勘違（かんちが）いされてこうくんのことが好きな女の子に呼び出されることもしばしば……。
 でも、その度にこうくんが助けてくれた。
 私にとってこうくんは、優しくて頼（たの）もしい、お兄ちゃんみたいな存在。
「ねぇ、煌貴くんの隣にいる子……」
「ああ、幼なじみらしいよ」
 ああぁ……視線が怖いっ……。
 きっと、ブサイクが移るからこうくんの隣に立つなー！とか言われているんだっ……。

「悔しいけどお似合いだよねー」
「わかる、お人形みたいだよね」
「美男美女すぎてあそこだけ眩しいもん……！　２人そろって目の保養だよねー」

　ネガティブ思考全開で下を向いて歩く私には、その会話がまさか自分に向けられたものだとは思っていなかった。

　『２－Ａ』と表札のかかった教室に、こうくんと入る。
「真由、おはよ」
　そう言って肩を叩いてきたのは、先に登校していた親友の夏海ちゃんだった。
「おはよう夏海ちゃん！」
「今日も可愛いわね〜、このぉー！」
「わっ……！」
　夏海ちゃんに抱きしめられ、頭をわしゃわしゃと撫でられた。
　それを笑って受け入れて、されるがままになる。
　夏海ちゃんは、私を妹のように可愛がってくれる、お姉ちゃんみたいな存在だ。
「おい、離せ」
　え？
　突然、腕をつかまれて後ろに引っ張られた。
　声の主は、どうやらこうくんのようで、私を夏海ちゃんから引きはがして鋭い視線を向けている。
　視線の先にいる夏海ちゃんも、負けじとこうくんを睨み

つけていた。
「ちょっと何よ、邪魔しないでくれる？　女同士で友情を育んでる最中なんだけど」
「お前はベタベタしすぎなんだよ。あんま真由に触んな」
「はー？　あんたあたしにまで嫉妬するとか引くんですけど。ただの幼なじみのくせに彼氏ヅラ？」
「うっせーな、ブス」
　ケンカを始めてしまった２人を、オロオロしながら交互に見つめる。
　２人が言い争うのはよくあることで、というより、日常茶飯事かもしれない。
　なぜかこうくんと夏海ちゃんはとても仲が悪いのだ。
「あ゛？　誰がブスですって？　あたしほどの美人はそうそういないわよ！　目がいってんじゃないの、あんた!?」
「あー……うるせぇ、朝から喚くな」
「ふ、２人ともっ、ちょっと落ち着いて……！　ケンカはやめようっ……？」
　本格的に苛立ちを見せ始めた２人を、慌てて止める。
「……まあ、真由が言うなら仕方ないわね」
「……ちっ、真由に感謝しろよ」
　不満そうにしながらも２人は口論をやめ、こうくんは自分の席に座った。
　それにしても、こうくんはどうしてブスなんて酷いことを言うんだろう……。
　夏海ちゃん、すっごくすっごく美人さんなのに……！

校内で１番美人だと断言できるくらいに。
スラリと伸びた手足に、高身長でスタイルも完璧。
綺麗なストレートのロングヘアをなびかせているその姿は、モデルさんみたいに美しい。
夏海ちゃんがブサイクだったら、私なんかミジンコレベルだよ……。
い、いや、それじゃあミジンコに失礼かも……。
「はー、うっざいわ、新城のヤツ。真由もあんな独占欲の塊みたいな幼なじみを持ってかわいそうね」
「独占欲……？」
「……いや、なんでもない。なんかちょっと新城のほうがかわいそうになってきた……」
……こうくんが、かわいそう？
「真由ってほんと、恋愛事に疎いわよね」
……？
夏海ちゃんの発言に首を傾げたとき、まだチャイムが鳴るまで随分時間があるにもかかわらず、担任の先生が教室に入ってきたのが見えた。
「新城、ちょっといいかー」
こうくん……？
いったいなんの呼び出しだろう？と、こうくんのほうを見る。
面倒くさそうにしながらもおとなしく立ち上がったこうくんは、先生に連れられて教室を出た。
「こうくんが連れて行かれちゃった……」

「ほっときましょ、あんなヤツ」
「あはは……」
　苦笑いを浮かべながら、ちらりとこうくんが出ていった扉を見つめる。
　何かしたのかな、こうくん……。
　優等生のこうくんだから、悪いことをしたとかじゃないだろうけど、ちょっと心配。
「……あの、花咲さん」
「……へっ？」
　ぼーっとしていた私は、突然背後から名前を呼ばれて、思わず変な声を出してしまった。
　慌てて振り返ると、そこにいたのはクラスメイトの中崎くん。
「ちょっとさ……話があるんだけど、少しだけ時間もらってもいい？」
　私に話？
「うわー、新城がいない隙を見て来るとか、中崎も抜け目ないわね～」
「……いや、なんも言い返せないや……あはは」
「まああたしは、そういうの嫌いじゃないわよ」
　いったいなんの会話が繰り広げられているのか、よくわからないな……。
「大丈夫だけど……なんの話かな？」
　とりあえず話を聞こうと、中崎くんのほうを見た。
　すると、中崎くんは一瞬喜んだように目を見開き、そ

のあと恥ずかしそうに視線を逸らす。
「……えっと、2人で話したいから、ついて来てもらっていいかな……?」

　2人にならないとできない話……?

　中崎くんとは、2年生になって同じクラスになって、2、3回程度しか話したことがない。

　校内では有名人だから、一方的に知ってはいたけれど。

　ちなみになぜ有名人なのかといえば、こうくんと似たような理由。

　中崎くんはとにかく女の子にモテているからだ。

　夏海ちゃん情報によると、勉強もできて、野球部でも1年生の頃からレギュラーで、絵に描いたような"THE爽やかイケメン"と定評があるらしい。

　確かに、高身長でいつも焦げ茶色の髪をオシャレにセットしていて、モデルさんみたいだと思う。

　女の子が騒ぐ理由も理解できる。

　無愛想なこうくんと違って人当たりもいいから、告白される回数はこうくんを上回っているって聞いたこともあるし……。

　カッコいい男の子の話になると、こうくんの次に名前が出るほどで、私とはどこか別世界の人のように感じていた。

　そんな人が、私になんの用だろう……?

　私、中崎くんに何かしちゃった……?

「わ、わかった……」

　断るのも悪いので、私はとりあえず中崎くんについて行

くことにした。
　教室を出る間際、なぜか夏海ちゃんにウインクされたような気がするけど……気のせい？

　中崎くんに連れて来られたのは、朝はいたって人通りの少ない部室棟裏の中庭だった。
　こんなところで……いったいなんの話だろう……？
「急に呼び出してごめんね……珍しく新城がいないから、チャンスとか思っちゃって……はは……」
　チャンス？
　な、なんの？
「本当は花咲さんともっと話したいんだけど……新城がいると話しかけられなくて……。なんか情けないこと言ってるね、俺」
　苦笑いしながら、髪をガシガシとかきあげた中崎くん。
「あの、さ……」
　ふぅ……と息を吐いて、急に真剣な表情になった中崎くんは、まっすぐに私の目を見て口を開いた。
「花咲さんは……新城と付き合ってるの……？」
「……っ、え？」
　唐突な質問に、思わず変な声が出る。
　えっと……付き合ってるって、恋人同士かってことだよね……？
　最近はこの誤解をされること、減ったと思ってたんだけどな……やっぱり、一部からはまだそう思われてる？

本当に、幼なじみだから一緒にいるだけなんだけど……というか、私なんかと付き合ってるって誤解されてるこうくんがかわいそうっ……。
「ち、違うよ！　私たちは幼なじみなだけで……兄妹みたいな関係だから……！」
　こうくんの名誉を守るため、急いで否定の言葉を並べた。
　その途端、中崎くんがパアッと顔を明るくさせる。
「そ、そうなんだ……！　そっか、よかった……」
「……よかった……？」
「え!?　あ、いや……えっと……」
　中崎くん、さっきからどうしちゃったんだろう……？
　もごもごと口ごもっている中崎くんの姿に、首を傾げた。
　中崎くんって、いつもは冷静で、落ち着いてるイメージだけど……なんだか今日は、あたふたしてる。
「……あの、花咲さん」
「……はい？」
「さっきも言ったけど、話したいことがあって……」
　改めてそう切り出した中崎くんに、私もじっと視線を返して見つめる。
「……好き、なんだ」
　──え？
　今、なんて言った？
「俺……花咲さんのことが、好きです。俺と付き合ってください……！」
　顔を赤く染めて、けれども真剣な眼差しで、瞳の真ん中

に私を映す中崎くん。

その意味を理解するのに数秒かかった私は、ぽかんと口を開けて固まることしかできなかった。

好き、付き合ってください、って……。

——こく、はく？

「……え、ええっ……!?」

意味を理解してすぐ、まるでマンガみたいにボンッという音をたてて顔が赤く染まった。

中崎くんが、私を……？

な、なんで？　どうして私なんてっ……。

「あ、の……えっと……」

うまく返事が出てこなくて、言葉に詰まる。

ていうか、中崎くんって女の子にモテモテだったはずなのに……。

「急にこんなこと言ってごめんね……でも、誰かに取られる前にって思って……」

取られるって、私が？　だ、誰も取らないよ……！

告白なんて滅多にされないから、普通だったら罰ゲームか何かだと疑うところだけど……。

中崎くんは、そんなことをする人にも見えないし……。

「……ご、ごめんなさい……」

本当に告白してくれているのだとしたら、きちんと断らないといけない……。

「そ、そうだよね。……あの、理由を聞いても、いい？」

恐る恐るといった様子で、そう聞いてきた中崎くん。

「中崎くんが悪いわけじゃないのっ……むしろ、私なんかにはもったいないような人だと思う……でも……」
「……」
「……よく、わからなくて……」
「わからない……？」
「恋とか、付き合うとか……私には、なんだか縁のない話みたいに思えて……」

　正直な気持ちを、ぽろりとこぼした。

　誰かの恋バナを聞いたり、恋愛ドラマを観たりはするけれど、自分が恋愛をしているところが想像できない。

　この年になって、まだ好きな人ができたことも、恋人ができたこともないし……。

　私には、別世界の話みたいで。

「……それってさ、他に好きなヤツがいるとか、俺がダメだとかじゃないって、こと？」
「も、もちろんっ……！　ただ、私はまだ恋愛って、よくわからないなって思っているの……ごめんなさい……」

　もう一度、謝罪の言葉を口にして頭を下げた。

「……じゃあ、さ」

　頭上から聞こえた声に、ゆっくりと視線を移す。

「……お試しとかは……ダメ、かな？」
「……え？」

　お試し？

「今は俺のこと好きじゃなくても構わないから……お試しで付き合ってほしい」

一瞬、何かの冗談かと思ったけれど、中崎くんの瞳はいたって真剣で、ふざけているようには見えなかった。
　ゆっくりと唇を開いた中崎くんを見つめて、話の続きに耳を傾ける。
「俺……花咲さんに好きになってもらえるように努力する。だから、俺と恋愛してくれないかな……？」
　……中崎、くん。
　"好き"という言葉だけ、噛みしめるように紡ぐ中崎くんに、胸が締めつけられた。
　中崎くんの気持ちが伝わってきて、私まで苦しくなる。
　恋愛……か。
「でも……そんなの、中崎くんに悪いよ……」
「そんなことないよ……！　俺は、花咲さんといられるなら、それだけで嬉しい……」
　さっきよりも顔を赤らめて、そう言ってきた中崎くん。
　私なんかのために、ここまで言ってくれる人……もう現れないかもしれない。
　そう思うくらい中崎くんの瞳が真剣で、目を逸らせなかった。
　"お試し"というのは、なんだか中崎くんに申し訳ないけれど……。
「えっと……」
　私もそろそろ、恋愛をしたほうがいいのかな……？
　中崎くんの勢いに押され、どうすればいいのか悩み始めたときだった。

「真由!!!!」
　私たちだけだったはずの中庭に、聞き慣れた人の声が響いたのは。
　けれどその声色(こわいろ)は、聞いたことがないような、焦(あせ)りと怒りを含んだものだった。

可愛い幼なじみ＊side煌貴

　俺には、幼なじみがいる。
「こうくん、起きて！　朝だよ……！」
　俺の名前を呼ぶ可愛いソプラノの声に起こされ、ゆっくりと視界が広がっていく。
　申し訳なさそうに身体をゆすってくる手は随分と控えめで、たったそれだけのことが俺の心臓をかき乱す。
「こうくん、起きてっ！」
「……ん゛ー……あとちょっと……」
　もうちょっとだけ、2人きりでいたい。
　1日の中で、この瞬間が1番好きなんて言ったら、真由はきっと頭の上にいくつもはてなマークを並べるだろう。
　世界で1番可愛い真由が、俺だけを見てくれる瞬間。
　……まあ、そんなこと本人には絶対言わないけど。
「ダメっ、遅刻しちゃうよー！」
　本当はこのまま寝たふりを続けていたいけど、これ以上真由を困らせるのはかわいそうだから、おとなしく起きてあげることにする。
　覚めない眠気があくびを誘って、大きく口を開ける。
　そんな俺を見て、真由が口元を緩めていた。
　あー、カッコ悪いとこ見られた……。
「……真由、なに笑ってんの？」
「ふふっ、なんでもないよ。それより早く支度しなきゃ。

遅刻しちゃう……！」
　……まあ、可愛い笑顔が見られたからいいか。
　朝の支度をすませて、２人で家を出る。
　真由の歩幅に合わせてゆっくり歩いて、学校までは徒歩15分くらい。
　その間が、俺にとっては至福の時間。
　真由は、昨日見たドラマの話や家族の話を一生懸命俺に話してくる。
　たまに熱が入って、手を握ってきたりするけど、その度に俺の心臓が飛び上がっていることなんて、真由は知らないだろう。
　素直で無邪気で優しくて、可愛さが溢れ出ている俺の幼なじみ。
　最近、そろそろ幼なじみを卒業してもいいんじゃないかと思う自分がいる。
　ていうか、多分もう俺が限界なんだろう。
　真由の優しい"幼なじみ"でいることに。
　学校が近づくにつれ、歩く人の数も多くなる。
　同じ制服を着た生徒たちの視線が、俺たちに集まっていることに気づく。
　もう毎朝のことだし、周りからの視線には慣れている。
　羨望、嫉妬、恋慕――男女問わず、俺に向けられるのはそんな感情たち。
　……あと、真由にも。
「おい見ろよ、花咲さんいるぞ！」

「うわ、今日も最強に可愛いなぁ……！」
　真由を見ている男子生徒たちの、そんな会話が耳に入ってきた。
　すぐにそいつらのほうに視線を移し、真由に気づかれないように睨みつける。
　男たちは俺の視線に気づいて、慌てて目を逸らした。
　チッ……真由のこと、変な目で見んな。
　真由が最強に可愛いことくらい、俺が1番知っている。
　真由の可愛さは……俺だけが、わかっていればいいのに。
　俺以外、気づかなくていい。
「こうくん？」
　そんなことを考えてぼーっとしていた俺を、真由が心配そうに見つめてきた。
「ん？」
「ぼーっとしてたけど、大丈夫？　もしかして、体調悪かったりする……？」
「いや、平気」
「そっか、よかった……！」
　にっこりと安心したように微笑んだ真由。
　あー……可愛い。
　口元が緩みそうになるのを、必死でこらえた。

　教室に着くと、腹立たしい出来事が起きた。
　真由の親友を名乗る、三橋夏海という女。
　校内では有名なヤツで、真由の次に美人だとよく男友達

が騒いでいる。
　こいつのどこがいいのか、俺が理解できる日はきっと来ないだろう。
　口は悪いし、すぐ殴ってくるし、その上男グセが悪く、貢がせるだけ貢がせてポイポイ男を捨てている悪女。
　なぜか同じクラスだからといって、俺に苦情が来ることもあり、腹立たしいことこの上ない。
　三橋は三橋で、俺の真由に対しての過保護さが気に入らないらしい。
　そんな感じで、俺たちはお互い嫌い合っている。
　つーか、こいつの何が１番ムカつくかって、やたら真由へのスキンシップが激しいことだ。
　女だろうと、真由にベタベタされると腹が立つ。
「真由に触んな」
　なんとか"俺の"という言葉だけはぐっと飲み込んだ。
「ふ、２人ともっ、ちょっと落ち着いて……！　ケンカはやめようっ……？」
　真由が困った顔で俺を止めてきたから、今回は引いてやるけど、次は許さねぇ。
「新城、ちょっといいかー」
　苛立ちを抱えたまま自分の席につくと、担任に呼び出された。
　あー……鬱陶しいことばっかだな。
　ため息をついて、担任について行った。

「お前の作文、コンクールで入賞したらしくてな。今度の朝礼で読み上げてほしいんだ」
「はい……わかりました」
「ほんと、お前は先生の誇りだよ。校長も褒めていたし、これからも頑張れよ！」
　……話ってそれだけかよ。
　早々と担任との会話を切り上げ、教室に戻るべく早足で廊下を歩く。
　担任や校長に褒められたって、何１つ嬉しくない。
　ただ俺は……真由に好きになってもらいたくて頑張っているだけ。
　勉強もスポーツも、順位がつくものは全部。
　他の誰でもなく、真由に認められたいから。
『こうくんは私の自慢だよ』
　昔真由に言われた言葉を思い出して、心臓が音をたてた。
　あのときは嬉しくて、恥ずかしくて、『あっそ』なんて素っ気ない返事しかできなかったけど……。
　真由、それは俺のほう。
　真由は俺にとって、唯一の宝物だから。
　多分俺は、周りのヤツらより感情が乏しい人間だと思う。
　他人なんてどうでもいいし、どう思われたって構わない。
　俺の喜怒哀楽は全部真由のためにあって、真由でしか動かない。
　好きで好きでたまらない。
　１人の女として、俺はずっと前から真由が好きだった。

多分、物心ついたときにはもう。
　真由が鈍感で恋愛事に疎いから、今まではいい幼なじみとしてそばにいたけど……。
　1ヶ月後、真由の17才の誕生日。
　その日に告白すると決めていた。
　なぁ、真由。
　俺はもう充分待っただろ？
　お前が俺のこと、男として見てないことなんて知ってる。
　もう嫌ってくらいわかってる。
　でもだからって、諦められるはずがない。
　俺の世界の中心は、いつだって真由ただ1人。

　教室に戻り、室内に足を踏み入れた瞬間に気づいた。
　……あれ？
「おい、三橋」
「……何よ」
　俺が声をかけると、不機嫌そうに返事をする三橋。
　普段はこいつなんかに声をかけたりしないけれど、今は緊急事態だからそんなこと言ってられない。
「真由は？」
　……なんで教室にいねーの……？
「ふふっ、気になる？」
　ニヤニヤと口角をつり上げる三橋に、悪い予感しかしなかった。
「……言え」

「ちょっと、それが人にものを頼む態度？」
「……」
「……黙んないでよ。ていうかあんた、視線だけで人殺せそうな顔してるわよ？」
「……どこ行った？」
「はぁ……仕方ないわね」

　やれやれとでも言いたげに首を振る三橋に、若干の殺意が芽生える。
　しかし三橋への殺意は次の瞬間、別の者へと向けられることになった。
「場所は知らない。クラスの男子に呼び出されて連れて行かれちゃった」
　呼び出されただと……？
「どっちに行った？」
「中庭のほうかしら？　……ねぇ、あんた本当にヤバい顔してるわよ？」
「うるせぇ。その男って誰？」
　俺の問いかけに、三橋は何やらニヤリと口角を上げ、意味深な笑みを浮かべた。
　その表情で、俺はすべてを察した。
「それは内緒よ。ていうか早く行けば？　あれは絶対告白でしょ」
「チッ……」
　こらえきれずに舌打ちをして、教室を飛び出す。
　クソ……担任の呼び出しなんかに応じている場合じゃな

かった。
　つーかその男も、絶対俺がいない隙を見て話しかけただろ、うっぜーな。
　いつもは俺が近くにいるから、真由に話しかけようとする男なんていない。
　小学生くらいのときから、真由に男が寄りつかないように、俺が威嚇していたから。
　この学校でも、もう真由に近づこうなんて思う怖いもの知らずなヤツはいなくなったと思っていたけど……甘かったか。
　マジで、なんでこんな邪魔者が多いんだろう。
　それもこれも、真由が可愛すぎるのが悪い。
　俺がどれだけヤキモキしてるか、真由の目に映るもの全部に嫉妬してるか、真由はきっと何１つ気づいちゃいない。
　朝の人通りの多い廊下を全力で駆けて、中庭へ急ぐ。
　近道を選んで、上履きが汚れるのも気にせず走った。
　……っ、見つけた。
　俺の視界の先の先。豆粒くらいのサイズでしか見えないけれど、すぐにわかった。
　俺が真由を見間違えるはずがない。
「真由!!!!」
　出したことがないような大声を喉の奥から振り絞って、愛しい名前を叫んだ。
　真由と一緒にいる男への嫉妬を隠す余裕も、今は残っていない。

「えっ？　こうくん……？」

　すぐに駆け寄って、真由の手を握る。

　男から隠すように自分のほうに引き寄せると、真由が不思議そうに俺の名前を呼んだ。

「ど、どうしたのっ……!?　担任の先生に呼び出されてたんじゃ……」

　どうしたの？じゃねーよ……。

　お前がどっかの誰かに連れて行かれたって聞いて、俺がじっとしていられるわけないだろ。

　つーか、こいつ誰だ？

　こんなヤツ、クラスにいたか……？

「おい、舐めた真似してんじゃねーぞ」

「……いや……舐めた真似って言われても……」

「あ？」

　男は真剣な表情で、俺をじっと睨みつけてきた。

「……新城にそんなこと言われる筋合いはないと思うけど」

　俺がいない隙を見てしか声をかけられなかった腰抜けにしては、1番弱いところを突いてきた。

　……そんなこと、俺が1番わかってる。

　何か言ってやりたいのに、声が出ない。

　図星を突かれて黙り込むなんて、カッコ悪すぎて笑えてきそうだった。

「こうくん……？　えっと、心配して来てくれたの……？」

「……え？」

「あ、あのね、話してただけだから平気だよ。心配してく

れてありがとう」
　俺の顔を見上げながら、真由が笑った。
　心配って……そんな可愛いもんじゃない。
　嫉妬と、汚い独占欲。
　真由が誰かに取られると思ったら、気が気じゃなかった。
　だから……そんな無垢な顔で微笑みかけないでほしい。
　──今すぐここで、抱きしめたくなるから。
「……花咲さん、さっきの返事……いつでもいいから」
　男の言葉に、どくりと心臓が変な音をたてた。
「前向きに……考えてほしい」
　おい、話ってなんだよ。
「……う、うん……わかった」
　……は？　真由も、わかったって何が？
　もしかして俺、来るの遅かった……？
「それじゃあ、俺は先に戻ってるね。また教室で」
「う、うん。バイバイっ」
　真由に笑顔で手を振って、歩いていく男。
　その背中が見えなくなるまで、俺は動けなかった。
「こうくん……？」
「……っ」
　真由に名前を呼ばれて、ようやく我に返る。
「どうしたの？　またぼーっとしてるよ……？　やっぱり熱でもあるんじゃ……」
「……いや、大丈夫だから。……ていうか」
　返事って、何……？

そう聞こうと思った瞬間、タイミング悪くチャイムの音が鳴り響く。
「わっ、予鈴鳴っちゃった……！　早く教室に戻ろう、こうくん……！」
「……ん」
　聞きたい言葉を呑み込んで、俺は今にも消えそうな声で返事をした。

突然の告白＊side真由

　キーンコーンカーンコーン。
　６限目の終わりを知らせるチャイムが校内に鳴り響き、教室には歓喜（かんき）の声があがる。
「やっと終わったー！」や「帰れるー」と口々に言っているクラスメイト。
　教卓（きょうたく）に立つ先生には申し訳ないけれど、私も今日ばかりはため息をつかずにはいられなかった。
　なんだか、すごく疲（つか）れた１日だった……。
　朝、中崎くんに告白されてから、ずっとぐるぐる考えていた。
　返事はいつでもいいって言ってくれたけど、あまり待たせてはいけないよね……はぁ……。
　教室に戻ってきたあと、夏海ちゃんがずっとニヤニヤして問いただしてきたし、それに……。
「こ、こうくん、帰ろっか」
「ん？　……うん」
　……あれからなぜか、こうくんはずっと元気がない。
　いつもテンションは低いほうだけど、今は低すぎる。というより上の空（うわのそら）って感じだ。
「……」
　き、気まずい……っ。
　２人で家までの道を歩いている途中。

いつもなら何かしらの会話があるのに、今日は無言でずっと重苦しい空気が流れていた。
　横目でちらりと、こうくんを見る。
　こ、こうくん、すっごく怖い顔をしている……！
　思わず「ひっ！」と声が漏れそうになったのを、必死にこらえた。
　いったい、何があったんだろう……？
　登校中は、いつも通りだったのに……。
　……あ！
「こ、こうくん……もしかして、先生に何か言われたの？」
「……え？」
「あの、朝先生に呼び出されてたでしょ……？　そのときから様子が変だから、どうしたのかなって……」
　朝の出来事を思い出して、恐る恐る尋ねる。
　きっとそのことに違いない……！
　何か、悪い報告でも受けたのかな……？
「……いや、違うよ」
「そ、そうなの？　なんの呼び出しだったのか聞いてもいい？」
「うん。作文がコンクールで入賞したらしい」
　……えっ！
　さらりとそう言ったこうくんに、私は目を大きく見開かせた。
　入賞……？　それって……！
「すごいね、こうくん！　おめでとうっ……!!」

なんだか自分のことのように嬉しくなって、感情が高ぶるままにこうくんの手をつかんだ。
　うわぁ……さすがこうくんだなぁ……！
　この前も表彰されていたばかりなのに……。ほんと、こうくんはなんでもできちゃうんだ……！
「ありがと」
　照れくさそうに笑うこうくんに、私も同じものを返す。
　それにしても、悪い呼び出しじゃなくてよかった……。
　ちょっと心配していたから、ほっと胸を撫で下ろした。
　って、こうくんに限って悪い呼び出しなんてないよね。
「お祝いしなきゃだね……！」
「おおげさだって。それくらいで」
「それくらいじゃないよ！　すごいことだよっ……！」
　こうくんはすごすぎて、周りのみんなはこうくんがなんでもできて当たり前だと思ってるみたいだけど……。
　こうくんがどんなことも手を抜かずに頑張ってるってこと……私、知ってるもん。
　いつもクールだから、こうくんが大喜びしてるところなんて見たことないけど……ほんと、すごいなぁ……。
　改めて、おめでとうという言葉を伝えようと思ってこうくんを見ると、なぜかこうくんは私をじっと見つめて何かを噛みしめるような表情をしていた。
「うん。そうやっていつも、真由は俺以上に俺のこと、喜んでくれる」
　……え？

独り言のようにそう呟いたこうくんに、首を傾げる。
「ほんと、そういうところも……」
 こうくんは、何かを言いかけたけど、すぐに言葉を呑み込むように口を固く閉ざした。
 ……こうくん?
 どうしたの……?
 私がそう聞くよりも先に、こうくんは再び口を開く。
「なぁ」
「はあい?」
「今日、あの男になんて言われたの?」
「え?」
「朝、呼び出されてただろ? なんの話……した?」
 ドキリと心臓が跳ね上がった。
 こうくんの質問は多分、中崎くんのことだろう。
 どうしてそんなこと聞くんだろうという疑問よりも、こうくんに聞いてみるという選択肢が先に思いついた。
 私のことをよく知ってるこうくんなら、どうするのが正解か助言してくれるかもしれない。
 中崎くんになんて返事したらいいか相談してみよう。
「あ、あのね──」
「あら! 真由ちゃんと煌貴!」
 話を切り出そうとしたとき、前方から私たちを呼ぶ声がした。
「あっ……こうくんママ……! こんにちは」
 前から歩いてくるこうくんママに気づいて、慌ててぺこ

りと頭を下げる。
　隣から、こうくんが舌打ちをする音が聞こえた気がするけれど……。
　こうくんママは笑顔で私たちのほうに駆け寄ってきてくれた。
「ちょうどよかったわ～！　真由ちゃん、ケーキを食べに来てちょうだい！」
「え？」
　ケ、ケーキ？
「今日ね、ご近所さんにたくさんもらったんだけど、うちはお父さんも煌貴も甘いものが苦手でね～。確か、真由ちゃんイチゴタルト好きだったわよね？」
　イチゴタルトという単語に、身体がピクリと反応する。
「だ、大好きです！」
　そう即答して、何度も首を縦に振った。
「よかったわ～！　あたしちょうど出かける途中だったの！　少しの間留守にするけど、ゆっくりしていってね！」
　こうくんママは「それじゃあね～！」と元気に手を振り、家とは反対の方向へと歩いていった。
「じゃあ、行こっか」
　こうくんママの背中を見送って、そう言ったこうくん。
　私の頭の中は、イチゴタルトのことでいっぱいで……。
「うん！　おじゃまさせてもらいます……！」
　このとき、こうくんが１人心を決めていたなんて……知る由もなかったんだ。

家に着くと、こうくんに「俺の部屋に行ってて」と言われ、お言葉に甘えることにした。
　もう見慣れたというか、第2の自室のようなこうくんの部屋は、モノトーンで統一された大人っぽい雰囲気。
　片づけるのが苦手だから、最低限のものしか置かないようにしているらしい。
　……といっても、いつ来ても机の上が散らかっている。
　そんなことを考えていると、部屋のドアが開いて、お皿とマグカップを持ったこうくんが入ってきた。
「お待たせ。はい」
　そう言って、私の前のテーブルにお皿とマグカップを置いてくれるこうくん。
　お皿の上に乗せられたホールのイチゴタルトに、私は目を輝かせた。
　こうくんはタルトを切り分けて、小皿に載せてくれる。
「わあっ……！　ありがとう！」
　美味しそうっ……！
「どーぞ」
「いただきます！」
　両手を合わせて、パクリとタルトを口に入れた。
　途端、口中に広がるイチゴとカスタードの甘い味。
「んーっ、美味しい……」
　ほっぺたが落っこちちゃいそうな美味しさに、思わずため息がこぼれた。
「真由って、ほんと美味しそうに食べるよな」

そんな私を見て、こうくんはおかしそうにくすくすと笑っている。
　こうくんは甘いものが苦手だから、いつも「こんなものの何が美味しいのか理解できない」と言っていた。
「だって美味しいもんっ……！」
「そう？　誰も食べないし、好きなだけ食べていいよ」
「ほ、本当に？　全部食べちゃうかもしれないよ？」
「どーぞ」
　絶対冗談だと思ってるだろうな……本当に食べちゃうんだからね……！
「……あのさ」
　黙々とイチゴタルトを食べていると、こうくんが私を見つめて口を開いた。
　……？　なんだろう？
「さっきの話なんだけど」
　さっきの話……？
「あの男と……なんの話してた？」
　こうくんの言葉に、ドキッと心臓が音をたてた気がした。
　そうだ……その話をしてたんだった……。
「あ……え、えっと……」
　ど、どこから話そう……。
「告白？」
「……っ！」
　私が言葉を選ぶより先に、こうくんが図星を突いてきた。
　どうしてわかったのか、まさか気づかれていたとは思わ

なくて、びっくりしてしまう。
　私の反応を見て、肯定と取ったのか、眉をピクリと動かしたこうくん。
「なんて返事したの？」
　なぜか不機嫌な声色でそう言って、じっと見つめてくる。
　怒られているような感覚になって、言葉に詰まってしまった。
　こ、こうくん、怖いっ……。
「それは……その……」
「……」
「……ほ、保留？」
　私の答えを聞いて、こうくんの機嫌はさらに悪くなった。
　眉間にしわを寄せ、なに言ってんの？と言わんばかりの表情。
　な、なんでそんなに怒ってるの……!?
「……そいつのこと、好きなの？」
　好きって、中崎くんのことを……？
　嫌いでは、ないけど……。
「その……恋愛の意味でっていうなら……好きじゃ、ない」
　正直な気持ちを口にすると、こうくんはなぜか一瞬、ほっとしたような表情を見せた。
　けれど、相変わらず怒りは収まっていないようで、低い声で問いつめてくる。
「じゃあ保留って何？」
「あのね、1回断ったの。でも……お試しでもいいから付

き合ってほしいって、言われて……」

それで、どうすればいいかわからなくなって……。

私はぽつりぽつりと、まとまらない気持ちを少しずつ口にした。

「私もう高2なのに、今まで恋愛の1つもしたことがないでしょう……？ だから、そろそろ恋をしたほうがいいのかなって思って……」

周りの友達はいつも、恋バナで盛り上がっている。

あの子が好きだとか、あの人が気になるとか。

みんなの話を聞いていると、そんな気持ちになったことのない自分が、なんだか恥ずかしくなってきて……。

「同じクラスの中崎くんから真剣に告白されて、それで、こんなふうに私のこと想ってくれる人が、この先現れるのかなって思って……ちょっと考えようかと思ってる」

さすがに、中途半端な気持ちでお付き合いするのは申し訳ないから、もしオッケーするなら、真剣に向き合おうと思った。

だからこそ、迷ってるんだ。

なんとか自分の中にある葛藤を話し終え、ふぅ……と息を吐いた。

一方、私とは違うため息のようなものを盛大に吐き出したこうくん。

え？

ど、どうしてため息をつくのっ……？

私、変なこと言った……？

「真由、ほんとバカすぎ」
「……へ？　……っ、きゃっ！」
　何が起こったのか、一瞬理解できなかった。
　こうくんに腕をつかまれた次の瞬間には、ソファに押し倒されていた。
　私の後頭部をこうくんが支えてくれていたから衝撃はなかったけれど、目の前に覆いかぶさっているこうくんの姿に、動揺を隠せない。
「こ、こうくん？」
　どうしたの、突然っ……。
「何？　こんなふうに想ってくれる人って。俺のほうがそんなヤツより絶対に……真由のこと想ってる」
「……え？」
　こう、くん？
　なに、言ってるの……？
「他の男になんか、死んでも渡さない」
　言っている意味が、全然わからないよっ……！
「……こう、くっ……んっ……！」
　意味を尋ねようとすると、こうくんによって阻止された。
　私の唇が、塞がれてしまったんだ。
　あまりに急すぎて、唇が離れてようやく、キスをされたことに気づいた。
　……う、そっ……。
「な、にして……っ」
　今……キス……なんでっ……。

本当にわけがわからなくて、今の状況は夢なんじゃないかとすら思う。
　だって私とこうくんは、兄妹みたいな関係で——。
「恋愛なら、俺とすればいいだろ？」
「……え？」
　今、なんて……？
「好きだ。真由だけが好き」
　まっすぐな眼差しは、その言葉の重みを何よりも伝えてきた。
　私に覆いかぶさっているこうくんの表情は、それほど真剣なものだった。
　ごくり、と、息を呑む。
「……それは、幼なじみとして——」
「違う。ただの幼なじみとしてなんか、1回も見たことない。真由のこと、俺は……女としてしか見てない」
　すぐに私の言葉を遮り、はっきりと言いきったこうくん。
　今度こそ、私は何も言えなくなった。
　嘘……そんなの、いつから……。
「なぁ、断って。あの男からの告白」
「あ、の……」
「恋愛したいなら俺として。俺のほうが絶対、真由のこと好きだから。死ぬほど大事にするし、もう嫌ってくらい可愛がってあげるから」
「こ、こうくん！　ちょっと落ち着いて……！」
　恥ずかしい言葉を並べ続けるこうくんを、慌てて止めた。

ま、待って待って……！
　ただでさえこうくんに告白されて驚いているのに、そんなこと言われても……全然頭がついていかないっ……。
「落ち着いてる」
「だ、だって、今までそんな素振りは少しも……」
「真由の１番近くにいられるなら、今は幼なじみでもいいって思ってた。でも……もう我慢すんのやめた。他の男に取られるくらいなら、もう待ってやらない」
　……こう、くん。
　そんなふうに、想ってくれていたの……？
　もしかして、私が恋愛事に疎いことをわかっていたから、こうくんは……。
　そう考えたら、自分がとても酷いことをしていた気分になって、胸の中に罪悪感が生まれた。
「……返事は？」
「急にそんなこと……」
「……俺のこと、嫌い？」
　眉の端を下げ、不安げに聞いてくるこうくん。
　そんなわけ、ないっ……！
「ち、違っ……こうくんのことは大好きだよっ……！」
　ずっと一緒にいたから、もちろん１番大好きな男の子はこうくんだ……。
　でも、本当にお兄ちゃんのように慕っていたから、突然打ち明けられた真実をすぐに受け入れることができない。
　こうくんと付き合うだなんて、そんなこと……想像した

こともなかったから。
「嫌いじゃないならいいでしょ？　今は仮でもいいから、俺のものになって」
　そう懇願するような言葉は、焦りと愛情が混ざり合っているみたいに聞こえて。
　こうくんの気持ちが、私の中に流れ込んでくるみたいで、胸がきゅっと締めつけられる。
「……お願い。少しずつでいいから、俺のことちゃんと男として見て」
　ダメだ……。
　視線を、逸らせない……。
「こう、くん……」
「真由に意識してもらえるように、俺頑張るから。だから、俺と付き合って」
　1番近くにいたはずなのに、どうして今まで気づかなかったんだろう。
　そう思うくらい、こうくんの大きすぎる愛情が伝わってきた。
　兄のように思っていたのが嘘みたいに、目の前のこうくんが"男の人"に見える。
「で、でも……」
「でもじゃない。なぁ、もう諦めて俺のものになって」
　どうすればいいかわからず否定の言葉を並べようとした私の頭を、こうくんが優しく撫でてくる。
　……っ。

ふと、思い出した。
自分がさっき口にした言葉を。
中崎くんに告白されて、こんなにも私を想ってくれる人はいないんじゃないかって思った、って言ったけど……前言撤回しなきゃいけない。
こうくん以上に私をわかってくれて、私を想ってくれる人、きっとこの先現れない。
今度は、そう断言できた。
もし私が断ったら、もう今までみたいに一緒にいられなくなるのかな……？
そんなの……やだ。
私は恋愛感情とかまだわからないけれど、はっきり言えるのは……。
——こうくんと、ずっと一緒にいたい。
「わ、かった……」
「……本当に？」
ようやく出した私の返事に、こうくんは目をこれでもかと見開いた。
信じられないとでも言うような表情をしたあと、片手で口元を覆ったこうくん。
「ヤバい、嬉しい……」
その声は本当に嬉しそうで、私はなんだか恥ずかしい気持ちになる。
こうくんは数分前とは打って変わって、見たこともないくらい上機嫌になり、私の手をそっと握ってくる。

その手は、驚くほど熱かった。
「なぁ、ちゃんと今朝の男に断って」
「う、うんっ……」
「今日から俺が、真由の彼氏だから」
　彼氏……。
　申し訳ないけれど、まだ今はしっくりこないその響き。
「ごめんね、やっぱりそういう気持ち、まだよくわからなくて……」
　一生幼なじみとして、仲良しでいられると思っていたから……こうくんを恋人として見られるには、もう少し時間がかかりそうだった。
「今はわからなくていいよ。これから嫌ってくらいわからせるから」
　私を見つめながら、それはそれは嬉しそうに微笑むこうくん。
　その笑顔に、思わずドキッとしてしまう。
　改めてこうくんを見ると、本当にカッコいいなぁと思う。
　こうくん、モテモテなのに……どうして私なんかを好きになってくれたんだろう……。
　そんなことを思っていると、突然目の前にある顔が近づいてきた。
　くっつく寸前に何をされるのかわかって、慌てて唇を手で隠す。
「キ、キスはダメ……！」
　こうくんってば、またっ……！

「さっきしたのに?」
「さ、さっきのは不可抗力で……ていうか、ファーストキスだったのに……っ」
　今さらだけど、あれがファーストキスになったんだ……。
　嫌ってわけじゃないけど、突然のことでよくわからなかった。
「うん、俺も」
　……え?　こうくん、も……?
「真由以外の女となんて、絶対嫌だし」
　そんな……あんなにモテるのに?　一度もしたことないなんて……。
「ヤバい……仮でも真由が俺の彼女とか、幸せすぎるな」
　こうくんって、本当にずっと私のこと、好きでいてくれてたんだなぁ……。
　まだわからないことだらけだけど、こうくんなら──。
「真由」
「はぁい?」
「好き」
「……っ」
　──いつか同じ言葉を、返せる日が来るのかな?
「……顔真っ赤。可愛い」
「っ!?」
　この日、大好きな幼なじみが恋人に変わった。
　まだ仮だけれど……甘すぎるこうくんに、胸のドキドキが収まらなかった。

可愛い恋人（仮）＊side煌貴

　俺は今、間違いなく史上最強に幸せだ。
「こうくんっ、起きてー！」
　いつもと同じ朝。
　可愛い声に起こされて、目を覚ます。
　けれど、いつもとは違うのは――。
「早く起きないと遅刻しちゃうよっ……！」
「んー……」
「こうく……って、きゃっ……！」
　俺の身体をゆすっている、小さな手を握る。
　そのまま引き寄せて、華奢な身体を抱きしめた。
　――昨日までとは違う、俺たちの関係。
「起きるから、10秒だけこうさせて……」
「……っ」
　耳元でそう囁くと、真由はピクリと身体を震わせ、そのままおとなしくなった。
　こんなふうに、真由を堂々と抱きしめられる朝が来るなんて……。
　仮ではあるけど、恋人同士になった真由と俺。
　言いくるめるようにして強引につかんだ"彼氏"という座だが、そんなことはどうだっていい。
　チャンスがもらえたんだ……絶対に俺を"男として"好きにさせてみせる。

「こ、こうくんっ……もう10秒過ぎてるよっ……！」
　ちっ、バレたか……。
　抵抗(ていこう)を始めた真由に、名残惜(なごりお)しさを感じながらも腕を解いた。
　これ以上強引にして警戒(けいかい)されたら、もとも子もない。
「……ん、起きた。すぐ用意するから待ってて」
「う、うんっ……！」
　顔を赤くさせながら俺と目を合わせずに頷(うなず)いた真由は、足早に部屋を去っていった。
　バタン！と扉を閉める音が響いて、俺は1人残された部屋で呆然(ぼうぜん)とする。
　なんなんだよ、あの可愛さは……。
「あー……なんであんな可愛いんだろ、マジで……」
　どこまで俺を骨抜きにすれば気がすむんだろう、真由は。
　本気でそう思いながら、だらしなく緩んでいるであろう顔を両手で覆った。

「こうくんママ、いってきます！」
「ふふっ、2人ともいってらっしゃい！」
　2人で俺の家を出て、並んで歩く。
　……手、握ったら怒るか？
「真由」
「え？　……って、こ、こうくんっ……！」
「……ダメ？」
　そっと、小さな手を握った。

戸惑いを見せる真由を、じっと見つめる。
「ダメじゃ……ない、けど……」
　顔を真っ赤にしながら、フイッと視線を逸らした真由。
「恥ずかしいから、学校の近くでは、ダメっ……」
　そう言って少しだけ握り返してきた手が、愛しくてたまらなくて、どうかなりそうだった。
「あー……」
　……ヤバい。
「どうしたの？」
「……幸せを噛みしめてる」
　これ、本気で現実？
　夢だったらどうしようと心配になる程、もう手放したくない幸せの中にいた。
　俺を見ながら、真由は不思議そうに首を傾げている。
　そんな姿も可愛すぎる……とか思ってる俺は、もう取り返しのつかないところまでハマっているみたいだ。
　教室に着くと、何やら真由がキョロキョロと辺りを見回していた。
　そして、ハッと何かを見つけた表情をして、小走りに駆けていく。
　その先にいたのは、昨日の男。
　確か、中崎……とか言ってた。
　真由は教室の後ろのほうで男友達と話していたそいつに声をかけ、2人で教室を出ていこうとした。
　……は？

「真由? 何してんの?」
　慌てて真由に駆け寄り、手をつかむ。
「あっ……昨日の、その……」
　困った表情をして言葉を濁す真由を見て、なんとなく状況を理解した。
　多分、俺がちゃんと断れって言ったから……。
　……でも、また２人きりになる気?
「俺も行く」
　真由は律儀に断るだけのつもりだろうけど、この男が何をするかわからない。
　この天然無自覚な彼女を他の男と２人きりにするなんて、危険すぎるだろ。
　つーか真由も、警戒心なさすぎ。
「なんで新城が来んの?」
　不機嫌そうに俺を見る中崎とかいう男を睨み返した。
「俺も関係あるから」
「……それってつまり……」
　理解力はある男なのか、俺の言葉の意味をすぐに察したらしい。
　中崎は一瞬悲しげな表情をして、真由に微笑みかけた。
「なるほどね。……わかった。花咲さん、ありがとう。とりあえず、今はおとなしく引き下がるよ」
　……まぁ、真由に好意を持っているのは気に入らないけど、諦めのいいヤツはまだ無害だ。
　手間が省けてよかったと思っていたのもつかの間。

「気が変わったら、いつでも言ってね」
　そう言って、笑顔で男友達のところへ戻っていった中崎。
　……前言撤回。
「……なんだあの男。ぶっ潰してやろうかな」
　有害もいいところだ。芽は潰しておかないといけない。
　何が気が変わったらだ……変わらせねーよ。
　俺以上に真由のことを想ってる男なんて、いるわけがないんだから。
「こ、こうくん、物騒だよ……！」
　あたふたしている真由を見て、苛立ちが一瞬で吹き飛んでいく。
「私たちも、戻ろっか」
「ん」
　あの男はムカつくけど……。
　真由に近づかないように、俺が目を光らせておけばいいだけのことだ。
　これからは幼なじみじゃなくて……恋人として、堂々とそばにいられるんだから。
　……まあ、まだ仮だけど。
　ていうか、仮ってどうやったら取れるんだ？
　真由に好きになってもらえたら、本命？
　先はまだまだ長そうだ。
「真由ー！　おはよ」
　教室に入ってきた、うるさい女。
「おはよう、夏海ちゃん！」

「今日も金魚のフンみたいな男につけられて大変ね〜」
「黙れ、クソ女。真由に触んな」
　いつものように、ベタベタと真由にくっつく三橋。
「相変わらず、なに我が物顔してんだか。ただの幼なじみのくせに」
「……っ」
　三橋の言葉に反応したのは、真由だった。
　真由の白い肌が、みるみる赤くなっていく。
「……は？　……真由？　その反応、何よ……？」
　あー、そっか。
　もう……言ってもいいのか。
「あんたたち、まさか……」
　三橋は、青ざめた顔で俺と真由を交互に見てくる。
　開いた口が塞がらないようで、その表情はひどく間抜けだった。
「う、嘘でしょ!?　なんで？　あんたは一方的なストーカーでしょ？」
「嘘じゃねーよ」
　つーか誰がストーカーだ。
　今までは、ずっと言えずに抑えてきたけど……。
「真由は"俺の"だから。気安く触んな」
　そう言って、真由の肩を抱き寄せた。
　三橋だけじゃない。教室にいるヤツら全員にわからせるように。
　クラス中の視線が俺たちに集まる。

「え？ あの2人マジで付き合ってんの……？」
「ショックなんだけどー……！」
「でもお似合いすぎるよね……なんも言えないわ……」
　周りから聞こえるそんな声。
　そう、真由は俺のだから。
　誰にも渡さない。
「こ、こうくんっ……恥ずかしいから、手……」
　俺に肩を抱かれ、またリンゴみたいに赤くなってる真由。
「離してほしい？」
　可愛さ余っていじめたくなって、わざとそう聞いた。
　真由は、コクコクと何度も首を縦に振っている。
　……ここが教室じゃなかったら、間違いなく抱きしめてたな。
「なーに甘い空気出してんのよ！　あたしは認めないんだから!!」
「別にお前に認められなくてもいい」
「キィ〜〜!!」
　うるさいヤツは無視して、ひとまず真由を離した。
　これ以上困らせるのもかわいそうだし、何より嫌われたくはない。
「お、落ち着いて、夏海ちゃんっ……」
「落ち着けるわけないでしょ……！」
　俺も、席座ろ……。
　真由の前に座り、カバンを下ろす。
　後ろから三橋と会話している声が聞こえるが、女同士楽

しそうに話しているので、水を差す気にはならなかった。
　つーか、今日朝礼で作文読み上げるんだったな……。
　めんどくせーけど、確認しとこ。
　カバンの中から原稿用紙を取り出し、「こんなこと書いたかな」と、どこか他人事のように思いながら目を通していく。
　その最中も、後ろから２人の会話が聞こえていた。
「あー、朝からびびったわ。昨日の中崎の件といい、どうなってるのかちゃんと聞かせてよね」
「う……うん」
「一度放課後時間を作りなさい！　語るわよ!!」
「う……あ、そういえば、今日空いてる？　ついでに映画を観たいなって思ったんだけど……前に観ようって言ってた映画、確か今日までは上映しているはずだから」
「え、そうなの？　けどごめん、今日はバイト入れちゃったのよ……ショック……」
「そっか……バイトなら仕方ないよね」
「ごめんね、真由すごく観たがってたのに……」
　ピタッ、と、原稿をめくっていた手を止める。
「……なんの映画？」
　俺は後ろを振り返って、そう聞いた。
「え？　あ、私が好きなドラマの続編で……」
「帰りに行くか？　映画館に」
　俺の言葉に、真由はパアッと顔を明るくさせた。
「えっ……いいの？　でも……こうくんはドラマ観てない

から、内容わからないでしょう？」
「別に、あらすじくらいは冒頭で説明してくれるだろうし、大丈夫だろ。それに……」
　口実っていうか……。
「せっかくだしデートしたいんだけど……嫌？」
　俺のことを意識してもらうためにも、もっと恋人っぽいことをしたい。
　単純に、真由が行きたいところに連れて行ってあげたいという気持ちもある。
「い、嫌じゃ……ない……」
　恥ずかしそうにする真由は、何度見たって飽きない。
　けど……教室では、あんまりそういう顔やめて。
　俺以外に、見せたくないから……。
「じゃあ行こっか。楽しみにしてる」
　子供みたいな独占欲に蓋をして、真由の頭をポンッと撫でた。

「こうくん！　チケット買いに行こう！」
「さっきスマホで取っておいた。後ろの真ん中の席」
　予約しておいたチケットを発券し、2人でフードの列に並ぶ。
「最終日だから人がいっぱいいるね……先に取っておいてくれてありがとっ。でも……後ろの席でよかったの？」
「真由、あんまり前の席だと目疲れるだろ？　俺は座席にこだわりはないからどこでもいい」

真由はなぜか、俺を見て驚いた表情をする。
　……ん？
「えへへ……ありがとうっ……」
　いったい何がそんなに嬉しかったのかわからないけれど、真由はとても嬉しそうに笑った。
　……なんでこんなに可愛いかな。
「真由、飲み物はホットの紅茶でいい？」
「うんっ……！」
「ポップコーンはキャラメル？」
「うん！」
　パパッと買い物をすませ、スクリーンに向かった。
「こうくんは、なんでも知ってるね……」
　え？
　突然そんなことを言いだした真由。
　意味がわからなくて顔を覗くと、恥ずかしそうに微笑んでいた。
「私の好きなもの……全部知ってる」
　……なんだ、そういうことか。
「……真由のことはなんでも知ってる。どれだけ一緒にいると思ってんの？」
　物心ついたときにはもう、一緒にいるのが当然になっていたのに。
　俺は他人のことには興味ないし、他人にどう思われてようがどうでもいいけど……。
　真由のことだけは、なんでも知りたいと思っている。

「そうだねっ……」
「ほら、行くぞ。予告も観たいんだろ？」
「うんっ……！」
　真由の腕をつかんで、スクリーンへと急ぐ。
　ほっそい腕……。
　少し力を入れるだけで、折れてしまいそうだ。
　真由の体温が伝わってきて、俺が守ってやりたいと強く思った。

ドキドキ……? ＊side真由

「映画、すっごく面白かったっ……!」

上映が終わり、2人で映画館を出る。

ずっと観たかったドラマの続編映画で、期待値も上がっていたけど、大満足の内容だった。

もう1回、ドラマ観返そう……!

「俺も、思っていたより面白かった」

「本当に?」

「うん。DVDレンタルしようかな」

こうくんの言葉に、ホッと安堵する。

よかった……せっかく一緒に来てもらったのに、つまらないって言われたらどうしようかと思ってたから……。

「録画してるから、よかったら私の家で一緒に観よう!」

「うん。じゃあまた行かせてもらう」

えへへ……好きな作品を褒められたら、なんだか私まで嬉しいなぁ……。

「真由、お腹空いた?」

「え? うーん……少しだけ」

「じゃあ、この前行きたがってたカフェ行こ」

……カフェ?

って、もしかして……。

「あの、駅前の猫カフェのこと……?」

「そ」

……う、嘘っ。
「えっ……で、でも、あそこって完全予約制で……しかも予約が取れないくらい人気だって……」
　少し前、一緒にテレビを観ていたときのこと。
　最寄駅の近くにある猫カフェが特集されていて、私は目が釘づけになった。
　行きたい！と思ったけれど、なかなか予約が取れないらしく、泣く泣く諦めたんだけど……。
「予約してあるから大丈夫」
　こうくんの言葉に目を大きく見開いた。
「本当に……？　い、行きたい！」
「うん、行こ。店はこっちの方向みたい」
　笑いながらそっと私の手を取り歩きだすこうくん。
　うわぁ～っ、嬉しい。なんだかドキドキしてきた……！
　こうくんってば、いつの間に予約してくれていたんだろう……ていうか、予約できたんだ……！
「予約取るの、大変だったでしょう……？」
「いや。この店のオーナーが知り合いの親だったんだよ。それで頼んだ」
「へぇー……！　学校のお友達？」
「違う。前のバイト先のヤツ」
　その言葉に、思い当たる節があった。
「あっ……！　前に言ってた人？　王子ってあだ名の……」
　確か、こうくんが前によく話していた人がいた。
　こうくんは少し前までカフェでバイトをしていたんだけ

ど、そこのバイト仲間にとんでもなくカッコいい人がいたらしい。

　私も一度だけチラッと見たことがあるけれど、『王子』というあだ名がつけられていることに納得した。

　まさに『王子』という名前が相応しい容姿だったから。

　クールで愛想のないこうくんと違って、笑顔を振りまけるタイプの人だったから、カフェでの人気はその人のほうが上だったらしい。

　こうくんは目立ってくれるヤツがいて楽だって、嬉しそうにしていたけれど……。
「そうそう。でも、中身は全然王子じゃない」
「そうなの？」
「そいつには好きな女がいるらしいんだけどさ、なんかもう盲目すぎて、聞いてて大丈夫かって思ってた。ヤンデレっていうの？　まぁ、いろいろと助けてもらっているからありがたいんだけど……」

　ヤ、ヤンデレ？

　あの紳士そうな見た目で……？
「へ、へぇ……すごいお友達だね……」
「今回もそいつのおかげだし、感謝してるけどな」

　こうくんの言い方からして、すごく仲がいいんだろうなぁと思った。

　もともとこうくんは友達が多いほうだけど、学校の友達にはあまり心を開いてないように見える。

　私も、そのお友達に感謝しなきゃ……！

念願の猫カフェに行けるということで、浮き立つ私。
　まさか行けるなんて思っていなかったから、すっごく嬉しい……！
　でも、何より嬉しかったのは……私が何げなく言ったことを、こうくんが憶えてくれていたこと。

「２名でお待ちの新城様。ご案内いたします」
　お店に着くと、すぐに名前を呼ばれた。
　待っている人がたくさんいたから、なんだか申し訳ない気持ちになりながらも、案内された席へと移動する。
「……っ!!　わっ……！」
　席につくなり、近くにいた猫が目に入る。
　耳をピンと立てた、真っ白な猫。
「か、可愛いっ……！　見て、こうくん！」
　あまりの可愛さに、こうくんの服をつかんだ。
「……そう？」
「うんっ……！　さ、触っても、いいかな……？」
　「いいに決まってるだろ」と、おかしそうに笑いながら言うこうくん。
　そ、そっか……そういうお店だもんね……。
　恐る恐る近づいて、おびえさせないようにそっと手を伸ばした。
　……わっ……。
「ふわふわっ……こうくん、すごいっ……！」
　あまりの気持ちよさに、ひたすら撫で撫でする。

この世にこんな可愛い生き物がいるなんてっ……！
「真由、何がいい？　頼んでおくから」
「あっ……えっと……」
　そ、そっか。カフェだから何か注文しないと……！
　確かここは、スイーツも美味しいって言われてた。
　猫ちゃんから離れて、お店のメニューを見る。
　私の目に、２つの商品名が飛び込んだ。
　ショートケーキ……イチゴのムース……！
　ど、どうしよう……どっちも食べたい……！
　でも、こんな時間に２つも食べたら、晩ご飯食べられなくなっちゃう……。
　うー……どっちにしよう……っ。
「ショートケーキとイチゴのムース、半分こする？」
　え？
　メニューを凝視し悩んでいた私に向かって、そんな声が降ってきた。
　どうして、わかったんだろう……。
　それに、こうくんは甘いものが苦手だから……。
「でも……」
「俺もムースくらいなら食べられる。飲み物はストレートの紅茶でいい？」
　私の考えを読んだのか、こうくんはそう言って微笑んだ。
　そういえば昨日イチゴタルトを食べたときも、こうくんはストレートティーを淹れてくれた。
　ケーキを食べるとき、私がストレートティーを好むのを

知ってくれている。
「うんっ……」
　こくりと頷いて返事をすると、こうくんは「了解」と言って、お店の人に注文してくれる。
　……こうくんって、私のこと……なんでもわかってくれてるなぁ……。
　改めて振り返るといつもそうだった。
　一緒にいるのが当たり前で、私にとって1番安らげるのは、こうくんの隣。
　それはきっとこうくんが、言わずとも私の気持ちを汲み取ってくれて、先に先に行動してくれるから。
　こうくんといると……すごく安心する。
　守られてるって、感じる。
　近くに来た猫ちゃんが、私の足にすり寄ってきた。
　その場にしゃがみこんで、そっと抱っこする。
　やわらかい……ふわふわっ……。
「えへへ……幸せっ」
　猫ちゃんをそっと抱きしめ、頬をすり寄せた。
　嫌がらずに、ペロリと私の指を舐めてくれる。
　その姿が可愛すぎて、胸がキュンと鳴った。
「なんで猫って、こんなに可愛いんだろう……っ」
　もう、このまま持って帰りたい……！
　そんなことを思っているとき、こうくんの視線に気がついた。
　少し離れたところで、私をじーっと見つめている。

「こうくん？　私の顔に何かついてる？」
「いや」
「じゃあ、ど、どうしてじっと見てるの……？　こうくんも猫と遊べばいいのに……」
　せっかく猫カフェに来たのに、もったいないよ……！
「真由のことを見てるほうが楽しい。それに、猫なんかよりも真由のほうが……」
「？」
「……いや、なんでもない。ていうか、おやつをあげられるみたいだけど」
「えっ……！　あげたい！」
「ん。もらってくるから待ってて」
　こうくんはそう言って、おやつを取りに行ってくれた。
　ふふっ、楽しみ……！
　お店に入ってから1時間くらいの滞在時間。
　私はずーっと、幸せに浸っていた。

「こうくん、今日はありがとう……！」
　帰り道。
　猫カフェの余韻で、顔の緩みが収まらない。
　きっとだらしない表情をしているであろう私を見て、こうくんは嬉しそうに笑った。
「どういたしまして」
　ふわりと向けられた笑顔は優しくて、じわりと温かい感情が胸の中に広がる。

「すーっごく楽しかった……！　本当に本当にありがとう！」
　たくさん、私のわがままに付き合ってくれて……。
「……俺のほうこそ。真由の嬉しそうな姿を見られて、楽しかった」
　こうくんは、幸福に満ちた顔をして、私を見つめてくる。
「……っ」
　息が詰まった。
　こうくんの素直な気持ちが、私の中に流れ込んでくるみたいで……。
　——まるで一緒にいるだけで、幸せだと言われている気分になったから。
　昨日……突然告白されて本当に驚いたし、正直困惑した。
　こうくんが本気で言っているのか、信じられない部分があったけど……今はもう、疑うことすら失礼に思える。
　今日、痛感した。
　こうくんがどれだけ真剣に、私のことを想ってくれているのか……。
　今まで感じたことのない、愛しさが湧き上がった。
「……っ！　……ま、ゆ？」
　私の名前を呼ぶ声は、動揺で震えていた。
　それもそのはずだと思う。
　私だって、自分の行動に驚いてる。
　自分から手を握ろうとするなんて——。
「……ほんと、そういうとこ反則すぎ」

ぽつりと、独り言のような声が聞こえた。
「い、嫌だった……っ？」
　慌てて手を離そうとしたら、ぎゅっと握り返され阻止される。
　離さないとでも言うかのように、こうくんは握る力を強めた。
　驚いてこうくんのほうを見ると、顔が赤く染まっている。
「嫌なわけないし。嬉しすぎてどうかなりそうだけど」
　私のほうを見ずに、そう言ったこうくん。
　私がこんなことしたくらいで喜んでくれる人なんて……世界中でこうくんくらいだよ。
　そう心の中で呟いて、ドキドキと高鳴る胸の音に気づかないフリをし、家までの道を歩いた。
「それじゃあ……また明日っ……」
　家の前について、握っていた手を離した。
　温もりがなくなって、なんだかとても寂しく感じる。
　昨日までは……なんとも思わなかったのに。
「真由」
　家に入ろうと思いドアノブに手をかけたとき、こうくんに名前を呼ばれた。
　振り返った途端、頬にやわらかい感触が走る。
「……っ」
　キ、キス、されたっ……！
　驚いて、頬を押さえながらこうくんを見た。
　視界に映ったその顔は、口角を上げて意味深な笑みを浮

かべている。
「真由、真っ赤」
　からかうような言い方に、さらに熱が上がるのを感じた。
「ふっ、可愛い。……また明日」
　何事もなかったようにそう言って、自分の家へ戻っていくこうくん。
　な、なんだったの、今の……！
　突然キスするなんて……。
　でも私が昨日ダメだって言ったから、頬にしてくれたのかな……？
　い、いやいや、でもキスはキスだもんっ……急にするなんて酷い……！
　そう思うのに、不思議と嫌じゃないと思ってしまう自分がいた。
　扉に手をかけ、今度こそ家に入る。
「おかえりなさい～……って、あんたどうしたの？　顔が真っ赤よ」
　玄関にいたお母さんが、私を見るなり驚いた表情を浮かべた。
「……な、なんでもないよっ……！　ただいま！」
　わ、私、そんなに真っ赤な顔してる……？
　は、恥ずかしい……。
　だって、こうくんがあんなことするから……っ。
「今日は遅かったわね。デートでもしてたの？」
「デッ……！」

お母さんの言葉に、あからさまに反応してしまった。
　今の絶対不自然だったよね……と思ったけれど、時すでに遅し。
　ちらりとお母さんを見ると、目をまん丸に見開いて私を見つめていた。
「……あら。あんた煌貴くんとくっついたの？」
　お母さんの言葉に、今度は私が目を見開く。
「な、なんで……!?」
　何も言ってないのに、どうしてこうくんの名前が出てくるの……!?
　私の反応を見て肯定と取ったのか、お母さんは嬉しそうに口元を緩めた。
「へー、やっとぉ？　よかったわねぇ〜」
　……ん？
「や、やっとって……？」
　言い訳よりも先に、聞き逃せない言葉を見つけて、質問せずにはいられなかった。
　どういう意味？
「なに言ってんの。煌貴くんはずっと真由のこと好きだったじゃない。あんないい子に一途に想われて、あんた幸せ者よ？」
　ずっと……って……？
「幼稚園(ようちえん)の頃、あたしに『真由ちゃんを僕にください』なんて言ってきてね。懐かしいわ〜」
　う、嘘……。

「そんな、前から……」

　幼稚園の頃からって、さすがに冗談でしょう……？

　だって、私がお兄ちゃんみたいに慕っていたように、こうくんだって、私のこと妹みたいに可愛がってくれていた。

『ただの幼なじみとしてなんか、１回も見たことない。真由のこと、俺は……女としてしか見てない』

　昨日の、こうくんの言葉を思い出した。

　……本当にそんなに前から、私のことを好きでいてくれたの……？

「煌貴くんってば、いっつも真由に振り向いてほしくて頑張ってたもんねぇ。あんないい子、他にいないわよ」

　お母さんの言葉に、もう何も言えなくなった。

　自分に向けられている好意の大きさに、このときようやく気づいたんだ。

「晩ご飯できてるから、早く着替えてきなさい」

「う、うんっ……」

　ひと言返事をして、私は足早に自分の部屋へ向かった。

　──バタンッ。

「……はぁ……」

　なんだかいろんな感情でいっぱいになって、その場にへたり込む。

　私……どうして気づかなかったんだろう、本当に。

　そういえばこうくんとは、今まで恋愛関係の話をしてこなかった。

　好きな人がいるとか、どんな子がタイプだとか。

一度だって、聞いたことがない。
　まさか……自分がその対象になっているなんて、思ってもいなかったから。
　あんなにカッコよくてモテモテなのに、どうして彼女を作らないんだろうって、ずっと不思議だったけれど……。
『……俺のほうこそ。真由の嬉しそうな姿見られて、楽しかった』
　こうくんの言葉と表情を思い出し、再び顔に熱が集まる。
　どうしよう……こうくんと顔を合わせるのが辛いっ。
　ドキドキと胸の高鳴りが止まらない。
　昨日まで優しい幼なじみだったのに……。
　こんなこと知ったらもう、ただの幼なじみとしてなんて見られないよっ……。
　顔を隠すように両手で覆って、私はその場にゴロンと寝転んだ。

02＊初めての気持ち。

胸のモヤモヤ＊side真由

「こうくん、起きてっ……！」
「……んー……」
「遅刻しちゃうよーっ……！」
「……ん」
　短く返事をしたこうくんは、眠そうにのそりのそりと身体を起こした。
　そのまま私の腕を引っ張って、抱き寄せてくる。
　——ぎゅうっ。
「10秒……だけ」
　うっ……ま、また……？
　いつの間にか、恒例になっている。
　お試しで付き合い始めてから早半月。
　毎朝10秒間、こうくんに抱きしめられるようになった。
　最初の頃は少し抵抗していたものの、今はもうおとなしくしている。
　理由は、いつもはクールなのに朝だけ甘えてくるこうくんが、なんだか可愛いっていうのと……。
　……嫌じゃないと思っている自分がいるから。
「こ、こうくんっ……もう10秒経ったよ……！」
「……ん」
　止めるまで、こうくんは絶対に自分から離してくれない。
　私が言うと、名残惜しそうに手を離してくれた。

「おはよ、真由」
　至近距離で微笑まれ、ドキッと胸が高鳴る。
「お、おはよう……」
　間近で見るこうくんの綺麗な顔は、心臓に悪いっ……。
　こんな感じで毎朝、私はドキドキさせられっぱなしだ。
　いつものように２人で登校すると、なんだか教室が騒がしかった。
　特に男の子たちが、ソワソワしながらみんなで集まっている。
「今日転校生来るらしいぜー」
「え、それって女？　男？」
「女だって！」
「マジで!?　俺、可愛い子希望！」
　聞こえてきた言葉に、私は首を傾げた。
「転校生……？」
　こんな時期に……？
　不思議に思いながらこうくんのほうを見ると、眉間にしわを寄せ、鬱陶しそうにしている。
「朝からうるせーな……」
「こうくんは気にならないの？」
「全然。俺は真由以外どうでもいい」
「……っ」
　さらりとそんなことを言うものだから、私は言葉を詰まらせた。
　こ、こうくんってば、どうしてそんなことを平然と言え

るんだろうっ……。
　は、恥ずかしくないのかな……？
　なんていうか……最近のこうくんは、なんだか甘々だ。
　こうくんの行動に、私は惑わされてばかりで……。
「なーに朝から寒いセリフ言ってんのよ、ストーカー!!」
　教室に、そんな声が響いた。
　声の主はもちろん夏海ちゃんで、私とこうくんの間にサッと入る。
　イラついた表情でカバンを持ち上げた夏海ちゃんは、そのままそれを、こうくんの頭目がけて振り下ろした。
　ドカッ！と鈍い音が響いて、私は思わず視線を逸らす。
「…………」
　う、うわぁ……。
　こうくんの顔が……お、恐ろしい……。
　一方、夏海ちゃんは満足げな顔。
「はーっ、すっきりした！」
「な、夏海ちゃんっ……カバンはさすがに……」
　今のは絶対に痛かったはず……！
「……うぜぇ」
　たったひと言そう言って、頭を押さえているこうくん。
「こ、こうくん、平気……？」
　大丈夫かな……？と思い顔を覗き込むと、こうくんはさっきの怖い顔から一変、優しい笑みを浮かべた。
「うん。真由が心配してくれたから治った」
　またしてもさらりと言うものだから、顔にじわじわと熱

が集まる。
　何それっ……そんなことで治るわけないのに……。
　やっぱり打ち所が悪かったのかも……！
「ほ、本当に平気？」
「んー……やっぱりちょっと痛いかも。真由が隣にいてくれたら治るから、もうちょっとこうしてて」
「キィーーー!!　ムカつくー!!!!」
　私の手を握りじっと見つめてくるこうくんと、そんなこうくんを見ながら奇声をあげている夏海ちゃん。
　収集がつかないこの状況にどうしようかと困っていると、タイミングよくチャイムの音が鳴り響いた。
「え、えっと、とりあえず席つこっか……」
　といっても、私の席はこうくんの後ろで夏海ちゃんは私の隣。
　3人の席は固まっているんだけど。
　私が席につくと、2人もしぶしぶといった様子で座った。
　ちょうど担任が教室に入ってくる。
「えー、今から転校生を紹介する」
　開口一番担任が放った言葉に、教室内がざわついた。
　あっ……そういえば、転校生が来るってさっき盛り上がってたな。ほんとだったんだ。
　どんな子なんだろう……。
　少しドキドキしながら、教室の扉をじっと見つめる。
　入ってきたのは、少し派手な外見をした可愛らしい女の子だった。

「松沢愛音です。よろしくお願いしますっ！」
　黒板に名前を書いて、そう名乗った転校生。
　松沢さん、かぁ……。
「えー、可愛い子じゃん！」
「女子きたー!!」
　クラスメイトの男の子たちが、あからさまに喜んでいるのが目に入った。
　ふふっ……みんな嬉しそう。
「どこにでもいそうなレベルね」
　ぼそりと冷めた目でそう呟いた夏海ちゃんの声が耳に入った。
　な、夏海ちゃんは絶世の美女だから、基準が高すぎるんだと思うっ……！
　充分可愛い女の子なのに……と思いながら、苦笑いを返した。
「それじゃあ松沢は……そこの空いてる席に座ってくれ」
「はーい！」
　あっ……こうくんの、隣……。
　少しだけ、胸がざわつく。
　……ん？　ざわつく？
　どうして？
　生まれた感情がなんなのかわからなくて、こうくんの隣に座った松沢さんを見つめた。
　松沢さんは、なぜかじっとこうくんのほうを見ている。
　……あれ？

なんだか松沢さん、顔が赤い……？
　……こ、これってもしかして……。
　私の中で芽生えた疑問は、その日のうちに確信へと変わることになる。
「あのー、愛音まだ教科書持ってなくて……見せてほしいんだけど」
「……」
　1時間目は英語。
　松沢さんは可愛らしい声を出して、上目遣いでこうくんにお願いしている。
　一方こうくんはというと、まるで存在を無視するかのように聞こえないふりをしていた。
　な、なんだかかわいそう……教科書がなかったら困るだろうし……。
「こ、こうくん、見せてあげたら……？」
　ツンツンとこうくんの背中を突いて、小声でそう言った。
　こうくんは一度私の顔を見てから、面倒くさそうに松沢さんへと視線を移した。
「……右隣のヤツに頼めばいいだろ。俺に話しかけんな」
　どうやら見せてあげる気はないらしく、そう言うとまた黙り込んでいる。
　あああっ……そんな言い方したらイジワルな人って誤解されちゃう……っ。
「ご、ごめんなさい……こうくんは悪い人じゃないの……」
　ただ、少し無愛想なだけで……。

こうくんを悪く思われたくなくて、代わりに謝罪の言葉を口にした。
　それがどうも、松沢さんの気に障ってしまったらしい。
「えー、別にあんたに謝ってもらわなくていいんだけど」
　邪魔そうに私を見つめて、さっきよりも低い声でそう言われてしまった。
　……っ。そ、そうだよね……。
　余計なお世話だったかな……。
　でしゃばってごめんなさい、という意味を込めて謝ろうとしたとき、前の席のこうくんがガタッと動いた。
「おいブス、なんだその言い方」
　……っ、こうくん……！
「は？　愛音ブスじゃないもん」
　ダ、ダメだ、止めなきゃ……！
　かばってくれた気持ちはすごく嬉しかったけど、このままじゃ険悪な空気になっちゃう……！
「こうくん、落ち着いてっ……！　松沢さんごめんなさい。じゃなくて、えっと……ごめんなさい……」
　まだ何か言おうとしていたこうくんをなだめて、松沢さんに謝った。
　代わりに謝るなって言われたけど……でも、結局この言葉しか出てこなかった。
「ふんっ……」
　鬱陶しそうに私を睨んでから、フィッと視線を逸らした松沢さん。

「てめぇ……」
「こうくんっ……！」
　またしても突っかかりそうな勢いのこうくんを慌てて止めると、納得いかなそうな表情をしながらも、それ以上何か言うことはなかった。
　ふぅ……なんとか収まった……。
　そう安堵したけれど、このとき私は松沢さんに火をつけてしまっていたらしい。
「絶対、愛音のものにしてやる……」
　誰にも聞こえないような小さな松沢さんの声は、もちろん私にも届くことはなかった。

　今日のこうくんの機嫌は最悪だった。
「ねーえ、保健室ってどこにあるのー？」
「……」
「ねぇねぇ名前は？　教えてよーっ！」
「……」
「さっき男の子たちから聞いたよー、煌貴っていうんだよね？　名前までカッコいい！」
「……」
　朝から放課後まで、ずーっとこうくんに喋りかけている松沢さんと、それをことごとく無視し続けているこうくん。
　その光景を、私はヒヤヒヤしながら見ていた。
　だってこうくんが、イライラが爆発寸前まで迫っている顔をしていたから……っ。

放課後になり、ようやく帰れるーっと伸びをする。
「こうくん、帰ろうっ」
「うん」
　私の声に笑顔で返事をしてくれるこうくん。
　よかった、機嫌直ってる……！
　そう安心したのもつかの間。
「ねぇ煌貴、一緒に帰ろうよー」
　隣から聞こえた松沢さんの声に、こうくんの表情がみるみる険しいものに変わった。
　お、怒ってるっ……！
「……」
「ねー、煌貴聞いてる？」
「……真由、行こ」
　完全に無視を決め込んでいるのか、こうくんはそっと私の手を握ってそう言った。
　い、いいのかな……？
　申し訳なさを感じながらも、私は嫌われているから何も言わないほうがいいと思い、こうくんに従う。
　けれど、松沢さんは粘り強かった。
「待ってよー！」
　こうくんの腕をつかみ、甘えた声を出す松沢さん。
　ピタリとこうくんの足が止まった。
「……おい、何してんだ、クソ女」
「えー、酷い！」
「……離せ」

……っ。
　こうくんは冷めた目をして松沢さんを睨みつけた。
　その顔は、一度見たことがある。
　中学の頃、私が女の子たちに呼び出されたことがあった。
　その子たちは、こうくんに好意を寄せている女の子たちで……文句を言われていたところを、こうくんが助けに来てくれたんだ。
　そのときと……同じ顔。
　視線だけで、相手を凍りつかせてしまいそうな目だった。
　さすがの松沢さんも、これには萎縮(いしゅく)してしまったらしい。
「も、もうっ！　わかったよー！　今日は諦める！　また明日っ！」
　そう言い残して、足早に去っていった。
　えっと……い、一件落着？
「真由」
　こうくんは私の名前を呼んで、再び帰るために足を動かした。

「はー……やっと２人になれた」
　帰り道。
　人通りが少なくなり、辺りには私とこうくん以外の人はほとんどいなくなった。
　盛大にため息をつき、頭をガシガシとかいたこうくん。
　多分松沢さんのことを言っているのだろうと思って、私は苦笑いを返した。

「な、なんだか、大変そうだね……」
「……マジでうぜぇ、あの女。転校しろよ」
「き、来たばっかりだよ……」
　でも、松沢さんはやっぱり……あれ、だよね。
　こうくんのこと……好き、なんだよね……。
　今日1日、ずーっとこうくんにくっついていた。
　無視されてもめげずに話しかけていて、こうくんに好意を持っている女の子はたくさん見てきたけれど、あそこまでめげない人は見たことがない。
　そこまで考えたとき、なぜか胸がチクリと痛んだ。
　……ん？
　なんだろう、今の……。
「あの女のせいで、今日はいつもより真由と一緒にいられなかった……」
「そ、そうかな？　ずっと一緒にいたと思うけど……」
「俺は2人だけでいたいんだよ」
　うっ……。
　またそんなこと言う……。
　恥ずかしくて、こうくんの顔を見られない。
　でも……そう言ってくれるのは、純粋(じゅんすい)に嬉しかった。
　意を決してゆっくりと口を開く。
「……あの、なら……今日家に来る……？」
「え？」
　私の言葉に、こうくんの拍子(ひょうし)抜けしたような声が響く。
　まだ顔の火照(ほて)りが収まらないため、前を向いたまま話を

続ける。
「お母さんとお父さん、今日は仕事でいないんだけど、この前一緒に観ようって言ってたドラマ観ない……？」
　いつにしようかと悩んでいたけど、今日なら一気に観られそうだった。
　それに……私も今日は、もう少しこうくんと一緒にいたい気分。
　いつもより話せなくて、その……寂しかった、から。
「観る。行く」
　そう即答したこうくんに、思わず笑ってしまう。
「それじゃあ、晩ご飯食べ終わったら私の家集合でいい？」
　こうくんの顔を見てそう言うと、視界に映ったカッコいい顔は、本当に嬉しそうな表情をしていた。
「……一気に機嫌直った」
「ふふっ、単純だよ、こうくん」
「俺の機嫌は真由次第だから」
「せ、責任重大だね……」
　やっぱり、こうくんといると楽しいな……。
　夕日に照らされた道を歩きながら、改めてそう思った。

「ふぅ……お菓子と飲み物でも用意しておこうかな」
　お母さんが作っておいてくれた晩ご飯を食べ、入浴もすませた。
　部屋着になり、こうくんが来るまで準備をする。
　こうくんは……コーヒーと、あと甘くないスナック菓子

がいいかな……。
　棚から必要なものを取り出して、テーブルの上に並べる。
　うん、このくらいでいいかな……。
　……それより、やっぱりもうちょっとマシな服にしたほうがいい……？
　いつも通りの部屋着姿だけど、もうちょっと可愛い服に着替えよう……！
　いくら幼なじみとはいえ、この格好は恥ずかしいや。
　少しでも可愛いって思ってもらいたい、から……。
　って、な、なんで……？
　どうしてそんなことを考えているんだろう、私……っ。
　今までそんなこと、思ったこともないのに……。
「……なんだか今日の私、変だな……」
　胸がざわざわしたり、チクッてしたり……異様なことばっかりだ。
　ふと、松沢さんの姿が脳裏をよぎった。
「……松沢さん、可愛かったなぁ……」
　こうくんは鬱陶しがっていたけど、普通の男の子だったら可愛い女の子に好かれて嫌な気はしないだろう。
　今は私のことを好きだと言ってくれているけど、あんなふうに可愛くアピールされたら、こうくんもいつか松沢さんのこと……。
「……って、だから何を考えてるんだろう、私……」
　なんだかすごく悲しい気持ちになって、ため息をつく。
　そのとき、着信を知らせる音が鳴った。

あれ？　誰だろ……？
　不思議に思いスマホの画面を見ると、そこにはよく知る名前が表示されていて、私はすぐにボタンを押した。
「はい、もしもし」
『もしもしっ、真由ちゃん？』
「莉子ちゃん久しぶり！　どうしたの？」
　電話の相手は、従姉妹の莉子ちゃんだった。
　莉子ちゃんはすーっごく可愛くて、お人形さんみたいな容姿をしている。
　同じ血が流れているとは思えない、同い年の美少女だ。
　とても仲がよくて、頻繁に連絡を取り合っている。
『あのね、来週真由ちゃんのお家におじゃまさせてもらおうと思って……！　お母さんに届け物をしてきてって頼まれたの！』
「本当に？　久しぶりに会えるね！　嬉しい……！」
『私も……！　日曜日に持っていくから、よかったらたくさん話そうね』
「うん！」
『それじゃあまたねっ、バイバイ』
　そう言って、プツリと切れた電話。
　ふふっ、久しぶりに莉子ちゃんに会えるの、楽しみだなぁ。
　そうだ……！　日曜日はケーキでも買って、おもてなしをしよう……！
　このときの私は、まだ知る由もなかったんだ。

莉子ちゃんに会うまでの1週間が、長く悩ましい日々になるだなんて。
　嵐のような1週間が、私を待ち受けているなんて。
　——このときはまだ、考えてもみなかった。

妬かせたい＊side煌貴

　インターホンを鳴らすと、真由はすぐに出た。
「俺。煌貴」
『今開けるね！』
　別に幼なじみだし、家の行き来だって何度もしている。
　真由には毎朝俺の家に来て起こしてもらっているし。
　だから、インターホンなんか使わずに勝手に入っていいよって真由は言うけど、俺が頑なにダメだと言っていた。
　もし俺じゃない誰かが入ってきたらどうするんだ。
　危ないから、１人でいるときは絶対に鍵を閉めること。容易に鍵は開けないこと。……って、昔から強く言い聞かせていた。
　真由はただでさえ無防備だからな……。
　バタバタと慌ただしい足音が聞こえ、扉が開かれる。
「えへへ……どうぞ入って」
　俺を出迎えたのは、可愛い服をまとった真由だった。
　キャミソールに薄手のアウターを羽織って、下はゆるっとしたショートパンツ。
　一瞬、動けなくなってしまう。
　……なんで部屋着じゃないの？
　いや、可愛いけど……というか真由はもとが可愛いから何を着ても最高なんだけどさ……なんか目のやり場に困るっていうか……。

いつも家では、部屋着を着ているはずなのに……。
「……おじゃまします」
　動揺を悟られないように、平静を装った。
　……つーか、真由が誘ってくれたのが嬉しくて、ほいほい来たけど……家に２人きりってことだよな？
　……うわー……今さら気づいた。
「こうくんソファに座っててね！　今コーヒー淹れてくる！」
「……ん、ありがとう」
　言われた通り、テレビの前のソファに座る。
　あー……ダメだ。
　どうしても、２人きりだということを意識してしまう。
　別に……何かするとかないけど。つーか嫌われたくないから、抱きしめる以上のことはしないつもりだ。
　無理に言いくるめたような今の関係。これ以上、急かすつもりはない。
　でも……俺だって男だから、近くにいたら触りたくもなるわけで……今日は、俺の理性が試される日になりそうだ。
「はいっ、どうぞ」
　そんなことを考えていると、マグカップを２つ持った真由が戻ってきた。
「ありがと」
「それじゃあ観よっか」
　真由がテレビをつけ、録画再生の操作をする。
　機械が苦手な真由は、「んー……」と何度も首を傾げな

がら操作していた。

　代わりにやってやろうかと思ったけど、困っている姿がなんだか可愛いので、おとなしく見守る。

　なんとか再生することに成功し、真由は嬉しそうにパアッと表情を明るくさせた。

　あー……和む。

　真由はいわゆる、癒し系という部類の人間だと思う。

　温厚で優しくて、怒っているところなんて一度も見たことがない。

　一緒にいるだけで落ち着くし、癒される。

　今日はあのうるさい女に１日中邪魔されてイライラしてたのに……もうそんな怒りは、どこかへ吹っ飛んでいた。

　ソファの上にちょこんと座りしながら、真剣に画面を見ている真由。

　……手、握りたい。

　そんな衝動に駆られて、俺は自分の手をそっと伸ばしてみた。

「……っ」

　握った瞬間、真由の身体がピクリと反応する。

　みるみる赤くなっていくその顔が可愛くて、一瞬そのまま抱きしめてしまいそうになった。

　……あぶな……。

「こうくん……手……」

　恥ずかしそうに、俺を見てくる真由。

　本人に自覚はないんだろうけど、上目遣いになっている。

単純な俺はあっさりと煽られ、ごくりと唾を呑んだ。
　真由はなんでこんなに俺を煽るのがうまいんだろう。
「……嫌？」
　何もしないから、せめて手を握るくらいは許して。
　そんな気持ちを込めて聞き返すと、真由は何か言いたげに目を伏せた。
「……嫌じゃ、ないけど……」
　ないけど……何？
「……ドラマに、集中できないっ……」
　……なんだよそれ。
　なんでそんな、可愛いことしか言えないの？
　握る手に力を込めると、また真由がピクッと動いた。
「……そんな可愛いことされたら、離したくなくなるんだけど」
　あー、抱きしめたい。
　でも抱きしめたら絶対……いろいろと歯止めがきかなくなる。
「か、可愛く、ないっ……」
　俺の言葉に慌てた様子で否定する真由。
　多分本気でそう思って言っているだろうから、もうこの天然は救いようがない。
「なに言ってんの？　無自覚にもほどがあるって……」
　真由が可愛くなかったら、可愛いって言葉が根本から否定される。
　俺の中では、"真由＝可愛い"。それ以外に存在しない。

俺を喜ばせるのも惑わせるのも、幸せにするのも……全部、お前だけ。
「真由」
　1回だけ。そう自分に言い聞かせ、真由のほうへ顔を寄せた。
　額(ひたい)に、そっと口づける。
「……今はこれで許してあげる」
　言っとくけど、こんな可愛いことばっかりされてここまで我慢できる男、俺くらいだからな。
　真由が大事だから……我慢してるって、お願いだからわかって。
　少しずつでいいから、俺のこと意識して……。
　躊躇(ちゅうちょ)なく真由に触れられる権利を、いつか俺にちょうだい。
　俺にキスされた真由は、リンゴみたいに真っ赤な顔をしながら、少しだけ手を握り返してきた。
　そんな些細(ささい)な動作に、俺がどれだけ愛しさを感じているか……きっと、真由は知らないだろうな。
　ドラマを観始めて、3時間くらいが経った。
　ぼちぼち終盤に近づきかけたところで、新しい登場人物らしき人間が転校生として加わる。
　ここで新キャラかよ……収拾つくのかこのドラマ。
　そんなことを思いながらじっとドラマを見ていると、真由が思い出したように口を開いた。
「そういえば……」

「ん？　どうした？」
「こうくんは、その……松沢さんのこと、どう思う？」
　……え？
「松沢さんって誰？」
　そんな名前のヤツ、このドラマに出てきたか？
「今日来た転校生だよ……！」
　記憶を辿って思い出そうとしている俺に、真由は驚いた様子でそう言ってきた。
「……ああ、あの鬱陶しいヤツか」
　どう思うかって、別にどうも思わない。
　あえて言うなら、邪魔。
「か、可愛い子だよね……」
「は？」
　なに言ってんの……あれが可愛い？
　お前の目は節穴か？と典型的なセリフを吐きそうになって、慌てて言葉を呑み込んだ。
　真由に比べたら、月とスッポンレベルなのに……つーか、まともに顔も見てねーや。
　急に何を言い出すんだと思いながら真由を見ると、なんだか不安げな顔をしていて、俺の中の疑問は膨らむ一方。
　あいつ相手に、何を不安に思う要素があるんだ？
　そこまで考えて、俺はふと１つだけ思い当たることがあった。
　……いや、それはないか。
　あの女が俺にベタベタしてきたから嫉妬するとか……あ

りえないよな。
　うん、ありえない……だろうけど、もしそうだったら。
「まあ……一般的に可愛い部類に入るのかもな」
　一か八か試してみたくて、思ってもいない言葉を吐いた。
　すると、真由が一瞬、傷ついた表情をした……気がした。
　……待て。
　本当に、嫉妬してくれてんの……？
「こうくんもやっぱりそう思う……？」
　先ほどよりも不安な顔をして、恐る恐る聞いてくる真由。
「……そうだな」
　もう一度嘘をつくと、今度ははっきりと見てしまった。
　俺の言葉に傷つく真由の顔を。
「そ、そっか……変な話してごめんねっ……！」
「……」
「私、ちょっとトイレ行ってくる……！」
　慌てた様子で立ち上がり、足早にリビングを出ていった真由。
　……ヤバい。
「……可愛すぎるだろっ……」
　何それ……ヤキモチとか、そんなのする必要ねーのに。
　そっか……嫉妬か……真由が、俺に。
　顔のにやけが収まらなくて、自分の口元を手で覆う。
　あからさまに悲しんだ顔をした真由を思い出して、頭がどうかなりそうだった。
　つーか嫉妬するってことは……ちょっとは期待していい

のか?
　真由も俺のこと、意識し始めてるって……。
　待て。もしかしたら、荒療治になるんじゃ……。
　あの女を使って真由にヤキモチを焼かせて、俺を意識させる……とか。
　あのうるさい女の相手をするのは面倒だけど、ヤキモチを焼いてくれる真由をもっと見たいし……。
　俺は1人きりのリビングで、幼稚な考えを巡らせた。
　まさかそれが、今後命取りになるとも知らずに。

　月曜日。
　俺は賭けに出ることにした。
　いつも通り登校して席につく。
「煌貴!　おはよっ!」
　……来た。
　早速話しかけてきた……名前はなんだったっけな……まあいいか。
　転校生のほうを向いて、口を開いた。
「……はよ」
「え?」
　どうやら俺から返事が来ると思っていなかったのか、目を見開いてこっちを見ている転校生。
　ちらりと横目で真由を見た。
　──真由は、俺を見て転校生以上に驚いた表情を浮かべていた。

……やっぱり、マジで妬いてくれてるのかも……。
　嬉しすぎて、顔がだらしなく緩みそうになるのを必死で抑える。
　そのあとも俺は、ヤキモチを焼いてほしくてわざと転校生の相手をした。
「ねぇねぇ、昨日の宿題でわからないところがあるんだけど、教えてくれる？」
「どこ？」
「えーっとね……ここっ！」
「ああ、ここはこの公式使って……」
「ねぇ煌貴っ、教科書見せてー！」
「……ん」
　転校生に返事をする度に、真由のほうを見て反応を確認する。
　ひどく困ったような、あからさまに動揺している真由を見て、俺は浅はかにも喜んでいたんだ。
「煌貴ー！　お昼一緒に食べよう！」
　昼休みになって、弁当を持ち席を立つ。
　あー、真由の気を引くためとはいえ、昼までこいつの相手すんのはマジで面倒。
「ごめん、昼は真由と食べるから」
　昼休みは、数少ない真由との時間なんだよ。邪魔されてたまるか。
「えー、あたしも一緒じゃダメ？」
　ダメに決まってんだろ、という言葉を呑み込んで、申し

訳なさそうな表情をなんとか作った。
「ごめんな」
　自分でも反吐が出るような優しい声でそう言えば、転校生は「もー、わかったっ！」と言って引き下がる。
　気持ち悪い声出すなよな……はぁ、やっぱり真由以外の女は嫌いだ。
「真由、行こ」
　真由の手を取ってそう言ったとき、握った手が拒絶するように、微かに震えた気がした。
　ん？
「う、うんっ……」
　笑顔で頷いた真由を見て、それが勘違いだったと——俺は思い込んだまま、いつも昼メシを食べている場所へと向かった。

「な、仲良くなったんだね、松沢さんと……」
　昼メシを食べながら、真由がそんなことを言ってきた。
　その表情に、どこか陰が見える。
「……まあ、悪いヤツじゃないかな」
　今日１日嘘ばっかついてんなぁと思いながら、さらに嘘を重ねていく。
「……そ、そっか」
　……ヤバい、ちょっとへこんでいる真由が可愛すぎる。
「なんでそんなこと聞くの？」
「あっ……特に理由はないんだけど……」

なぁ、早くちゃんと仮なんかじゃなくて……俺のもんになって。
　ひと言でもいいから、嫉妬心を口に出してほしい。
「真由？　なんかあった？」
「えっ？」
「今日ずっと暗い顔してるけど……」
　頑なに何も言おうとしない真由に、わざとそんな意地の悪い聞き方をする。
　なぁ、言ってくれよ。
　他の女と仲良くすんな……って。
「そ、そんなこと……ないよ。いつも通りっ」
「……そう？　ならいいけど」
　結局、俺の欲しい言葉を真由が口にすることはなかった。
　笑顔で「それよりこうくんのおかず美味しそうだね」なんて言って、話題を逸らそうとしてくる始末。
　こうなったら、俺も意地になってしまう。
　絶対真由に言わせてやる……俺を縛る言葉を。
　不本意だけど、もうしばらく転校生の相手をすることになりそうだ。
　俺は、真由の周りの男全員に嫉妬してしまうくらいずっと悩まされてきたから、真由にも少しくらい、俺の気持ちをわかってほしい。
　そしてあわよくば、俺に対して幼なじみじゃなく、男としての好意を見せてほしかった。
　不特定多数の女なんかどうでもいい。

俺は、真由にさえ好かれていれば……もう誰からも好かれなくていいから。
　──そう、思っていたのに……。
　今になって思えば、このときの俺は本当にバカだった。
　好きな女の気を引きたくて、他の女と仲睦まじくしている様子を演じるなんて。
　そんな幼稚な行動のせいで──真由との間に亀裂が入るなんて、この時はまだ知る由もなかったんだ。
　真由がどんな気持ちで笑顔を作っていたのか……誰よりも真由を好きなはずなのに、俺は少しも気づいてやれなかった。

気づいた恋心＊side真由

「煌貴ー！」
「……何？」
「呼んだだけっ」
「なんだよそれ」
　前の席から、２人の話し声が聞こえる。
　胸の中がモヤモヤしてどうしようもなくて、私は平静を装うのに必死だった。
　ダメだ……どうしちゃったんだろう、私……。
　この場から、逃げ出したい……っ。
　こんな状況になったのは、昨日からだった。
　先週あんなに松沢さんに冷たくしていたこうくんが急に優しくなって、今や２人は仲睦まじそうにしている。
　あんなに女の子に優しくするこうくんを見たのは初めてかも……。
　私の中で、よくわからない感情たちがうごめいている。
　今日も朝からずっと仲良く話している２人の姿を、後ろの席から見せつけられている気分だった。
　ちょっと……席立とうかな。
　もう少しで休み時間終わるけど……なんだか苦しい。
　２人を見ていると、胸が痛くなっちゃう。
　私が立ち上がろうとしたときだった。
「ねぇ、あんたらいい加減昨日からうるさいんだけど」

隣の席の夏海ちゃんが、こうくんと松沢さんにそう言ったのは。
　不機嫌丸出しの夏海ちゃんは、２人を睨みつけている。
「はー？　うるさいとか酷くない？　あんたがどっか行けば？　っていうか僻み？」
「は？　誰が誰に僻むの？　あたしがあんたに僻む要素はどこにあんの？」
「煌貴、この人こっわーいっ」
　甘えるような声を出し、こうくんの腕にしがみついた松沢さん。
　……っ。
「ほっとけば？」
　こうくんはその腕を振り払うこともせず、むしろ松沢さんを肯定する言葉を吐いた。
　突然、どういう心境の変化だろうと思ったけど……。
　……そういうことなの、かな。
　……だってこうくん、松沢さんのこと可愛いって言ってたもんな……。
　多分きっと……好きになったんだと思う。
　決して私を好きだと言ってくれた、こうくんの言葉を否定するわけじゃない。
　でも……そうとしか、説明がつかない。
　いくら十数年間私のことを想ってくれていたとしても、それがずっと続くわけなんかないんだ。
「……あんた、見損なった。一応あんたの気持ちだけは認

めてたのに」
　夏海ちゃんがこうくんを見下ろしながら、よくわからない発言をした。
　そしてすぐに視線を私へと移して、綺麗な形をした唇を開く。
「ねぇ真由、今日合コンしない？」
「えっ……？」
「よし決まり！　あたしがセッティングしてあげるー！」
　突然言われた言葉を私が理解するよりも先に、話を進める夏海ちゃん。
　ま、待って……今、合コンって言った？
　それって……出会いを求める人が集まる場っていうやつじゃ……。
　いったいどうしてそんなことを言ってくれるのかわからず、首を傾げる。
「あの、どうし——」
「……おいお前、ふざけてんじゃねーぞ」
　私の声を遮ったのは、こうくんの低い声だった。
「は？　ふざけてんのはどっちよ。あんたにはそこの女がお似合いなんじゃない？」
　あ……どう、しようっ……。
　なんだか状況がわかってきて、私は慌てて2人の間に割って入る。
　夏海ちゃんは……私のことを心配してくれたのかもしれない。

こうくんに新しい好きな人ができて、私が……傷ついてるって。
「ふ、２人とも落ち着いてっ……！　あの、私はその……平気っていうか……」
　ダメだな、私……夏海ちゃんに心配かけて……。
　もとはといえば、全部私が悪いのに。
　いつまでもこうくんの好意に甘えていた私が、結局全部悪いんだ。
　だから、悲劇のヒロインぶるのはお門違いすぎる。
　せめて、平気なフリをしなきゃいけない。
　私が今できるのは、こうくんの次の恋を応援することくらい。
　私が間に入ったことで、一旦止まる２人の口論。
　そしてなぜかこうくんは申し訳なさそうに、私のほうを見てきた。
「……ごめん真由、ちょっと俺やりすぎ——」
　キーンコーンカーンコーン。
　今、なんて言おうとしたんだろう……。
　タイミング悪く４時間目の始まりを告げるチャイムが鳴って、こうくんの声がかき消されてしまった。
「……真由、昼休み話そう」
　え？
　話すって、何を……？
　あ……もしかして……。
　そこまで考えて、私はスカートをぎゅっと握った。

もしかして、「松沢さんのことを好きになったから、お試しの恋人関係を解消したい」とか言われるのかな……。
　……きっと、そうに違いない。
　泣きそうになるのをこらえながら、なんとか4時間目の授業を乗りきった。

「ねぇ煌貴、お昼ご飯一緒に食べよー！」
「……無理」
「えー！　なんでー？　ていうかなんでさっきから素っ気ないのぉ？」
　4時間目が終わり、そんな会話を繰り広げている2人。
　もしかして私、すごく邪魔かもしれない……。
「あ……ごめんね、こうくん。私、急に用事を思い出しちゃった……！」
　精一杯の笑顔を浮かべて、そんな嘘をついた。
「真由？」
「私のことは気にしなくていいから。その……2人でゆっくり食べて……！　それじゃあっ……」
「ちょっ……真由!!」
　私を引き止めるこうくんの声を無視して、教室から逃げるように飛び出した。
「……はあっ……逃げてきちゃった……」
　でも多分、これでよかったんだよね……。
　話があるって言ってたけど、言われることはもうわかっているし……それを受け入れなきゃいけないっていうの

も、ちゃんとわかってる。
　わかってるから……大丈夫だよ、こうくんっ……。
　1人、人影のない裏庭でしゃがみ込んだ。
　さっきまでずっと我慢していた涙が、タガが外れたように溢れ出して止まらない。
　……私、最低だ。
「どうして……今さら気づいちゃったんだろう……」
　今までずっとこうくんに甘えていたツケが回ってきたに違いない。
　胸の中にあった感情の名前を、今なら素直に認められる。
　認めざるを得なかった。
　——こうくんが、好きっ……。
　今まであんなに、何度も気持ちを伝えてもらったのに。
　何度も何度もチャンスをもらったのに……。
　今さら気づくなんて……。
「恋愛って……全然楽しくないっ……」
　松沢さんが現れて、心がモヤモヤざわざわして、仲良くしている2人を見て、醜く嫉妬して……。
「こんなに汚い気持ちになってしまうのなら……知らなきゃよかった……」
　恋愛なんて、知らないままでよかったんだっ……。
　知らなかったら、こうくんとも今まで通り、仲のいい幼なじみでいられたのに。
　こうくんに好きな子ができたことを、素直に喜んであげられたのにっ……。

ごめんね、こうくん……。
　私、こんなに性格の悪い子で……。
　嫌な幼なじみで、ごめんなさい……っ。
「花咲さん？」
　誰もいないはずの裏庭に響いた、私を呼ぶ声。
「……っ、だ、誰っ……？」
　慌てて振り返ると、そこにいたのは——。
「中崎、くん？」
　どうして、ここにいるの……？
「どうしたの花咲さんっ……？　泣いてるの……？」
　ひどく動揺している様子の中崎くんは、駆け足で私のほうへ来てくれて、目線を合わせるようにしゃがみ込んだ。
　心配そうに見つめられ、申し訳ない気持ちになる。
「な、なんでもないのっ……変なところを見せてごめんなさい……」
　中崎くんは関係ないのに、心配させたら悪いよね……。
　涙を拭い、なんとか笑顔を浮かべる。
　でもうまく笑えていなかったのか、私を見る中崎くんの顔が悲痛に歪んだ。
「嘘つき」
　……え？
「新城のことでしょ？　俺だって知ってるよ」
「……」
「昨日からその話題で持ちきりだから。あの新城が花咲さん以外の女子と仲良くしてるって」

そんな……噂にまで、なってるんだ……。
　中崎くんの言葉に反論する元気も、セリフも見当たらなかった。
「泣いてるってことは、新城とケンカしたの？」
　私の気を遣って、恐る恐る聞いてくる中崎くん。
　ケンカ……では、ないんだろうな。
　なんて言えばいいかわからなくて、苦笑いを浮かべることくらいしかできない。
　中崎くんは困ったように眉の端を下げた。
「俺じゃ……相談相手にならない？」
「……た、大したことじゃないから、平気だよっ……？」
「……平気じゃないから、泣いてたんだよね？」
「……っ」
　核心をついたセリフに、反論ができない。
　でも……相談なんて、できる立場じゃないよ。
　だって私は、一度中崎くんの好意をむげにしてしまった。
　それなのに、こんなときだけ都合よく甘えるのは……絶対間違っている。
「あの……本当に、平気で――」
「気なんて遣わなくていいから……俺でよければ、話してほしいんだ」
　平気なフリを装おうと必死に笑顔を作ったのに、まっすぐに見つめてくる中崎くんが、私の言葉を遮ってしまう。
　どうして……こんなに優しいんだろう。
　こんな寂しくて悲しくてどうにかなっちゃいそうとき

に優しくされたら……こらえきれなくなる。
　ずっと我慢していた涙がじわりと溢れて、私の視界を歪ませた。
「……ごめん、なさい」
「それはなんの謝罪？」
「私……嘘……ついてて……」
「嘘？」
「本当は……こうくんと、付き合ってないの……」
「……え？」
　驚いた様子で目を見開いた中崎くんに、私はすべてを話した。
　お試しで付き合うことになったこと、こうくんが松沢さんを好きになったこと。
　そして──今さらながら、自分の気持ちに気づいてしまったことを。
「泣く権利なんて私にはないのに……自分がすっごく情けなくて……こんな話をしてごめんなさい」
　すべて話し終えて、私は中崎くんから視線を逸らすように俯いた。
　自分が恥ずかしすぎて、顔を見られなかった。
　中崎くんもきっと、呆れているに違いない。
　そう、思ったのに……。
　頭にそっと置かれた手。
　中崎くんは、私の頭を優しく撫でた。
　驚いて視線を上げると、笑顔の中崎くんと視線が交わる。

「俺が相談してって言ったんだよ？　話してくれて……嬉しい」
　……っ。
　どうして、そんなに優しいの……？
　私は今、こんなにどうしようもなくて、情けない話をしたのにっ……。
「そっか……そんなことになってたんだね」
　中崎くんの優しさにまた涙が止まらなくなって、ただ首を縦に振ることで返事をする。
　「大丈夫、大丈夫」と言いながらさらに優しく頭を撫でられ、少しだけ気持ちが落ち着いた。
　やっと涙が止まって、ふぅ……と心を落ち着かせるため息をつく。
「ごめんね……さっきから泣いてばっかりで……」
「謝らないで。ていうか……ごめん。謝るのは俺のほうかも」
「……え？」
　どうして、中崎くんが謝るの……？
「花咲さんが悩んでいるのに、俺、ちょっと喜んでる」
　喜んでる……？
「ねぇ……俺にもまだチャンスは残ってるって思っていい？」
「チャンスって……？」
　なんの、こと？
　首を傾げた私を見て、中崎くんがふっと笑った。
　けれど、すぐにその笑みは消え、真剣な表情に変わる。

「一度振られているのに諦めが悪いって思われるかもしれないけど……好きなんだ、花咲さんのことが」
　……っ、え?
「好きな子が傷ついているのに、放っておけない」
　——う、そ。
　まさか、まだ好きでいてくれているなんて思っていなくて、言葉が出てこなかった。
　それと同時に、中崎くんの優しさに甘えてしまった罪悪感で胸が苦しくなる。
「ごめん、なさい……私っ……」
「お願い、謝らないで。もう謝るの禁止ね?」
「……っ」
「困らせたいわけじゃないんだ。ただ……」
　まっすぐ見つめられて、目を逸らせなくなる。
「俺じゃ……ダメ?　新城の代わりにはならない?」
　中崎、くん……。
「俺だったら他の子に目移りなんてしない。花咲さんに好きになってもらえるなら、他の子なんてどうでもいい」
　私なんかに、どうしてそこまで言ってくれるんだろう。
　中崎くんには、もっと素敵な人がいるはずだよ……。
「ダメ……だよ」
「どうして?」
「私は……こうくんが好き、だから。そんな気持ちのまま中崎くんに甘えたくない」
　正直に自分の気持ちを告げた。

私が好きなのは、間違いなくこうくんただ１人……。
　それなのに、他の人と付き合うだなんて、絶対に間違っている。
　何より、優しい中崎くんを巻き込むのは嫌だった。
　それなのに、中崎くんは引くどころか、どんどん強引になっていく。
「どんな気持ちでもいいから、俺に甘えてほしい」
「……」
「花咲さんはただ……俺といてくれるだけでいいんだ。俺に頑張るチャンスをちょうだい」
　頑張る、チャンス……。
　その言葉に、私は別の人の顔を思い浮かべてしまった。
　そういえば、私は何ひとつ頑張ってないな……。
　今回だって自分の気持ちも告げずに、終わらせてしまおうと思っているんだから。
　すごいな……中崎くん。
「真由!!!!」
　ぼんやりとそんなことを考えていたとき、私の名前を呼ぶ声が聞こえた。
　私がこの声を聞き間違えるはずがない。
　こう、くん……。
　反射的に振り返った先に、こちらへ走ってくるこうくんの姿があった。

独占欲＊side煌貴

『私のことは気にしなくていいから。その……２人でゆっくり食べて……！　それじゃあっ……』

そんなことを言って、出ていった真由。

俺は真由を追いかけるため、教室を飛び出した。

「……クソっ……どこ行った……！」

最悪だ……。

真由、泣きそうな顔してたな……。

さっきの休み時間、三橋に言われた言葉を思い出す。

『……あんた、見損なった。一応あんたの気持ちだけは認めてたのに』

あいつに言われるのは癪(しゃく)だが、言われて当然だ。

泣きそうな真由の顔を見て、自分がしていることがどれだけ幼稚なことだったか気づかされた。

昼休みに全部話して謝ろうと思ったのに……クソっ、マジでどこ行った……？

真由が行きそうな場所を、順番に回っていく。

昼休みの人通りが多い時間。全力で廊下を走り回っている俺の姿は、きっと異様だっただろう。

中庭から裏庭に回ったとき、物陰に人が見えた。

そこには真由と……あの中崎とかいう男がいた。

なんだよ、この光景……２回目だっつーの……っ。

「真由!!!!」

なんでこの男は、いつも真由の近くにいやがる。
　　腹の奥から叫び、その名前を呼んだ。
　　真由とその男が、同時に俺のほうを見る。
「……何してんの、２人で」
　　急いで駆け寄って、男を睨みつけた。
「こう、くん……」
　　俺を見ている真由の顔は目元が赤く腫れていて、きっと泣いていたんだろう。
　　自分がその理由を作ったかと思うと、罪悪感でいっぱいになる。
　　早く……一刻も早く、誤解を解きたい。
　　真由、俺が好きなのはお前だけだから。
　　あの女と仲良くしたのは、お前を──。
「今２人で話してたんだ。邪魔だからどっか行ってくれない？」
　　嫌悪を含んだ目で俺を見て、そんなことを抜かす男。
　　頭の中の血管が、ブチリと切れたような音がした。
「あ？　ふざけたこと言ってんじゃねーぞ」
　　俺と真由の間に、部外者が入ってくるんじゃねーよ。
　　つーか、いい加減真由から離れろよ、この男。
「ふざけてるのは君のほうなんじゃない？　ほら、早く転校生ちゃんのところに戻りなよ」
「……お前……」
　　いったい真由から何を聞いたのか、それともこいつ自身が何かを察したのか、発言の経緯はわからないが、とにか

く鬱陶しくてたまらない。
「真由、戻ろう。話がある」
　腹は立ったが、今はそれよりも真由と話したい。
　男を放って真由の手をつかみ、この場を離れようとした。
　けれど……。
「ご、めん……今、中崎くんと話してるから……」
　──え？
「……こっちに行こう、中崎くん」
　俺の手を払い、男のほうへ歩み寄っていった真由。
「うん」
　２人で別の方向へ歩いていく姿を、俺はただただ見つめることしかできなかった。
　……何、それ。
　俺との話より……そいつのほうが大事ってこと……？
　ああ、もしかして俺の勘違いだったのか？
　真由が……俺と転校生のことで傷ついているんじゃないかもって思ってここまで走ってきたけど……そんなこと、なかったのかもしれない。
　むしろあの反応は、もう愛想を尽かされたのかも。
　他の男についていったってことは、そういうことだよな。
「ははっ……俺、ダッサ……」
　好きになってもらいたくて、あんなバカなことして……結局、こうなった。
　呆れられて当然だ。
　その場にしゃがみ込み、頭を抱えた。

先ほど中崎とかいう男の手を取った真由の姿が脳裏から離れなくて、きつく目を閉じる。
　もう……追いかける気力も、残ってねぇ……。

　一昨日(おととい)以来、真由と口をきいていない。
　というか、何も話しかけられなかった。
　朝も俺の母親に伝言を託(たく)したらしく、起こしに来ることはなかった。
　真由のいない朝が、1人で登校するのが、こんなにも虚(むな)しいとは。
　そんな俺が真由を諦められるはずなんかないのに、どう関係を修復していいか、その術(すべ)もわからなかった。
「ねぇ煌貴っ、次移動教室だってー！　あたし化学室の場所わからないから一緒に行こ！」
　俺の腕に、自分の腕を絡めてくる転校生。
　若干潔癖(けっぺき)なところがある俺は、真由以外に触られるのが本当に無理で、触られた箇所にゾワッと鳥肌が立った。
「……離せ」
　今すぐ振り払ってしまいたかったが、もう今はそんな気力もない。
　なんていうか、どうでもいい気分だった。
「もー！　どうして一昨日から素っ気ないの〜？」
　んなの、お前に用がなくなったからだよ。
　これ以上、お前に優しくする理由はない。
　だから気安く話しかけんな。あと名前も呼ぶな。

「……」
　心の中でそんなことを思ったが声に出すのも面倒で、俺は教室を出るため歩きだした。
　そのとき、教室の隅にいた真由が目に入る。
　三橋と化学室へ移動しようとしていた真由に話しかけている、中崎の姿も見えてしまった。
「真由ちゃん。俺も一緒に行っていい？」
　……は？
　真由、ちゃん？
　お前……この前まで苗字で呼んでただろーが。
　なに馴れ馴れしく下の名前で呼んでんだよ……。
「うん、もちろんいいよ」
「あれ～？　あたしお邪魔かしら？」
「な、なに言ってるの夏海ちゃん！　そんなわけないじゃない……！」
「ははっ」
「あら？　中崎は否定しないのねー」
　楽しそうに繰り広げられる３人の会話が、嫌でも耳に入ってくる。
　俺は教室を出て、他のヤツらとは別方向へと歩きだした。
　購買で水を買ってから、教室へ戻る。
　もうすでにチャイムは鳴っていて、クラスメイトたちは化学室へ行ったあとだった。
　１人きりになった教室で、外を見ながらぼーっとする。
「……あー、サボるのとか初めてかも」

今までは真由に好かれたくて、成績も素行も完璧に維持してきたから。
　でも、今日は疲れた。
　別に俺が１回サボったって、何も言われないだろう。
　一応優等生扱いだから、体調が悪くてって言えば流してもらえるはず。
　とにかく今は、楽しそうな真由の姿を見たくはなかった。
　俺は真由がいないとこんなにも世界が色褪せて見えるのに、真由はなんともないんだと思うと、やりきれない。
　これが、埋めようのない気持ちの差だ。
「……真由……」
　最近ようやく恋人らしくなれていたのに。
　朝のハグも手を繋ぐのも抵抗がなくなって、距離が縮まったと思っていたのに……。
　俺は本当に、何をやってるんだろう。
「あっ、煌貴見っけー！」
　机にうつぶせていると、聞き覚えのある甲高い声が聞こえた。
　……最悪。
「もう！　こんなところでサボりなんて！　あたしも呼んでよ～！」
　今会いたくないヤツの中の１人。
　ていうか、もうお前とは関わりたくない。
「……消えろよ」
「え？」

「お前邪魔。今1人になりたい気分だから、マジでどっか行け」

 お前みたいな男好き、1番嫌いなんだよ。

 バレてないと思っているのか知らないけど、面食いなのも、男の前だけ態度変えるような性格だってことも、なんとなくわかっている。

 俺に寄ってくるのは、そんな女ばっかりだったから。

「……やだ」

「あ?」

 突然駆け寄ってきたかと思うと、俺の背中に抱きついてきた。

「愛音、煌貴のそばにいたいもんっ……」

 その声と言葉、そして真由以外の女の体温……全身に悪寒(おかん)が走る。

 一瞬身動きが取れず固まっていると、俺の耳に聞こえるはずのない声が届いた。

「こう、くん……」

 ──え?

 反射的に声が聞こえたほうへ振り返る。

 俺の視界に映ったのは、廊下の窓から俺と転校生の姿を見て、驚いている真由の姿。

 ヤバい……っ。

「っ、真由……!」

 どうして授業中なのに教室にいるんだ?とかそんなことよりも、この状況を誤解されるんじゃないかという焦りが

先に出る。
「違う、これは……っ」
　こいつが勝手に抱きついてきただけで……っ。
「待って、真由!!!!」
　言い訳を口にするよりも先に、真由は逃げるように走り去ってしまった。
　クソっ……なんでこうなるんだよ……！
　タイミングの悪さを嘆きながら、俺もあとを追おうとして立ち上がる。
　けれど、またしても邪魔が入った。
　――パシッ。
「もー、あんな子ほっといていいじゃんっ」
　俺の手を握り、引き止めてくる転校生。
「……おい」
　もうさすがに、俺も我慢の限界だ。
　転校生の手を乱暴に振り払って、睨みつけた。
　転校生は、怯んだ様子で唇をすぼめている。
「お前の相手してやったのはな、真由の気を引くためだけだ。一応利用した俺にも非があるけど、鬱陶しいてめーに付き合ってやったんだからお互い様だろ？」
　殴りたいのを必死で我慢してやってんだから、ありがたく思ってもらいたいくらいだ。
　もとはと言えば、お前さえいなければこんなことにはならなかった。
　俺と真由の世界に入ってくる人間は、全員敵。俺の中で

不必要な存在。
「今後いっさい俺に話しかけてくんな。それと、今度真由のことけなすようなこと言ったら……いろんな意味で終わらせてやるからな、お前のこと」
「……っ！」
　口先だけの冗談じゃない。
　俺は本気で言ってる。
　脅しみたいな真似、カッコ悪いけど……これ以上邪魔されるのはごめんだ。
　転校生もさすがに理解したのか、逃げるように教室を飛び出していった。
　俺も早く追いかけないと……。
　真由が走っていった方向へと、俺は全力で駆け出した。

キミが好き。＊side真由

　キーンコーンカーンコーン。
　授業を知らせるチャイムが鳴り、私は辺りを見回した。
　……こうくん、どうしたんだろう……。
　4時間目は化学室で行われるのに、こうくんの姿がまだ見えなかった。
　心配で落ち着かない。
　サボるような人じゃないから……もしかしたら、何かあったのかな……？
　体調を崩したとか……。
　一昨日から、こうくんとは口をきいていない。
　小学生の頃からずっと毎日2人で登校していたのに、この2日は別々に登校していた。
　そんな状態だし、私が心配したところでありがた迷惑だよね……。
　そう思いながらも、やっぱり心配なものは心配で……。
　授業、抜けてきちゃった……。
　先生に、忘れ物したから教室に取りに行きますとは言ったけど……こうくん、どこに行ったんだろう。
　先生は何も言っていなかったから、早退とかそういうことではなさそう。
　保健室かな……？と思いながら、とりあえず教室へ行ってみることにした。

何もないなら、すぐに戻ろうっ……。
　ただ、無事を確認したいだけで……。
　そう自分に言い聞かせて教室へ来た。
　こうくん、いるかな……？
　空いている窓から教室を覗き込む。
　すると私の目に飛び込んだのは、衝撃的なシーンだった。
　教室の真ん中で――松沢さんがこうくんに、抱きついていた。
　私は２人の姿に、身動きが取れなくなってしまう。
　覚悟していたのにショックが大きすぎて、鼓動が乱れていた。
「こう、くん……」
　無意識に呟いていた、大好きな名前。
　ピクリとこうくんが反応し、こちらを振り返った。
「っ、真由……！」
　目が合って、慌てて視線を逸らす。
　どっか行かなきゃっ……。
「違う、これは……っ」
　何か言いたそうにしているこうくんを無視して、私は逃げるように走りだした。
　松沢さんがこうくんに抱きついて……こうくんも、受け入れているみたいに見えた。
　やっぱり、こうくんは松沢さんとっ……。
　決定的な場面を目撃してしまい、もう現実から目を背けることもできなくなった。

わかっていたのに。
2人が両思いだって、覚悟していたのに……。
胸が、苦しいっ……。
走って走って着いた先は、屋上の入り口だった。
授業中だから、下手に人目のつく場所に行くわけにもいかず、屋上のドアを押してみる。
あ……開いた……。
屋上に入るのは初めてだったので、こんなときなのに、少しだけ感動を覚えた。
ここで……ちょっと落ち着いてから、教室に戻ろう。
今は……ダメだ。
涙が勝手に出てきて……止まら、ないっ……。
屋上の隅でしゃがみ込んで、ハンカチを顔に押しつける。
なんでもっと早くに、自分の気持ちに気づけなかったんだろう……。
遅すぎる後悔をせずにはいられなかった。
心が押しつぶされそうになり、声を殺しながら泣いていると、ふいに屋上の扉が開く。
一瞬、もしかしたら見回りの先生……？と思ったけれど、入ってきた人の顔を見て、思わず息が止まった。
「真由‼‼」
どうして……。
こちらに走ってくるこうくんを、呆然と見つめることしかできなかった。
駆け寄ってきたこうくんに腕をつかまれ、ようやく自分

の状況を理解する。
「はぁっ……捕まえ、た……」
　こうくんは私の腕を引っ張って……あろうことか、抱きしめてきた。
　……っ。
「は、離してっ……！」
　なんで、どうして……こんなことするのっ……。
　酷いよ……私が必死で忘れようとしてるのに。
　頑張って幼なじみに戻ろうとしているのにっ……。
「……離さねーよ」
「……っ」
　離れようと身をよじる私を、こうくんは先ほどよりも強い力で抱きしめてきた。
　息が乱れていて、走ってきてくれたんだということがわかる。
　もう、こうくんの考えていることが、私にはさっぱり理解できなかった。
「な、なんで、こんなことするのっ……」
　ダメだよ、こうくん……っ。
　こうくんにはもう松沢さんがいて、いくら幼なじみだからって恋人じゃない子にこんな優しくしたら……。
　好きでもない人にこんなことしたら、誤解されちゃうんだよ……？
　私……諦められなく、なるっ……。
「……好きだからに決まってんだろ」

——え?
　今、好きって言った?
「さっきのは誤解っていうか……言い訳くらいさせて、お願い」
　意味がわからなくて、返事もできなかった。
　好き?　誰を……?
　混乱状態の私を抱きしめたまま、こうくんは話し始める。
「俺、あの転校生と仲良くしてただろ……?　あれは……真由の気を引くためっていうか……」
　いったいどういうこと……?
「真由、嫉妬した?」
「……っ」
「俺が転校生と話してるとさ、すごく不安そうにしてくれたから……妬いてくれてんのかなって思ったんだ」
　こうくんの言っていることは、全部正解だった。
　1つも反論できなくて、ただただこうくんの話に耳を傾ける。
「それで……ヤキモチを焼いている真由が可愛くて、調子に乗りすぎた」
「……」
「転校生と仲良くしたら、真由が俺のこと意識してくれるかなって思って……」
　そん、な……。
「あわよくば、このまま好きになってくれないかな、とか考えてた」

ゆっくりと顔を上げ、こうくんを見つめる。
　すると、困ったように眉の端を下げ、苦しそうな表情をしたこうくんと目が合った。
「だからわざと転校生と仲良くしてたんだけど……真由があの男といたときに本気で焦って、やっと自分がどれだけバカなことをしていたのか気づいたんだ」
「……」
「なぁ……もう遅い？　俺のこと、嫌いになったか？」
　こうくん……。
　そんな辛そうな顔……しないで……。
　結局、いっつもそうだ。
　何もできない、自分で動こうとしない私に代わって、いつもこうくんは行動してくれる。
　今回だって、私は何も確認しないまま勝手に誤解して、諦めようとした。
　こんな……弱虫で流されてばっかりの私でごめんね、こうくんっ……。
　行き場のなかった手を伸ばして、そっとこうくんの背中に回した。
　それからぎゅっと力を入れて抱きしめ返すと、大きな身体が動揺したようにビクリと反応する。
「嫌いになんて……なるわけ、ないっ……」
　私がこうくんを、嫌えるわけない。
「本当に？」
　こうくんの言葉に、何度も首を縦に振った。

頭上から力が抜けるような、安堵の息が降ってくる。
「……っ、よかった……」
　　　私以上に力を込めて、きつくきつく抱きしめてくるこうくん。
　　　その手は少し、震えているみたいだった。
「どうしようかと思った……真由に嫌われたら俺、生きてる意味ない」
　　　普通なら大げさだと笑うところなんだろうけど、冗談には聞こえなかったんだ。
　　　それほどこうくんの声は真剣で、私を抱きしめてくれる腕には愛がこもっていた。
「本当に、それくらい好き……。転校生にはちゃんと断ったっつーか、俺に関わるなって言った。俺は真由さえいてくれればいいから。お願い……俺と一緒にいて」
　　　お願いするのは、私のほうだよ……っ。
　　　本当に、よかったっ……。
　　　こうくんがまだ、私を好きでいてくれて……。
「……真由？　なんでそんなに泣いてんの……？」
　　　こうくんが驚いた表情で私の顔を覗き込んできた。
　　　泣き顔を見られたくなくて顔を逸らそうとしたのに、こうくんの手が私の頬に添えられて、視線を合わせられる。
　　　涙でぐちゃぐちゃの顔をじっと見つめられて、恥ずかしかったけど、それよりも今こうして一緒にいられることが嬉しい。
「こ、こうくんが……松沢さんと本当に付き合っちゃうの

かと思ったっ……」
「……え?」
「私も、ごめん、なさいっ……いつもこうくんに甘えっぱなしで……っ」
「真由が謝る必要ないって。ていうか……」
　何に対して驚いているのか、こうくんはひどく動揺している様子で口を開く。
「あの、さ……俺が転校生と付き合ってると思って、泣いてたの?」
　どうしてそんなことを聞くの……?と思いながら、首を縦に振った。
「それは……ちょっとは期待してもいいって、こと?」
　……あ、そ、そっか……。
　こうくんはまだ、私の気持ちを知らないんだっ。
　てっきりバレているものだとばかり思っていたから、少し予想外だった。
　こうくんの言葉に、私は首を横に振る。
　目の前にある顔が、悲しそうに歪んだ。
「……そうだよな、変なこと言ってごめ──」
「ちょっとじゃなくて、いい」
「……え?」
　ちょっとなんかじゃなくて……期待していいのに。
　こうくんのこと好きじゃなかったら……こんなに泣いたりしないよっ……。
「真由、俺混乱して頭がおかしくなっているから、わかる

ように言って」
　言葉通り、本当に困っているこうくんが、なんだか可愛く見える。
「こうくんが……他の女の子のこと好きになっちゃったって思って……すごく悲しかったの」
　私の言葉でこんなに一喜一憂(いっきいちゆう)してくれるのは、きっと世界中でこうくんくらいだ。
「それでね……き、気づいたの……わ、私……」
　たくさん待たせてごめんね……。
「……こうくんが、好き……っ」
　目を見て伝えるのはまだ勇気が足りなくて、視線を逸らしたまま、なんとか言葉にした。
　こうくんはなぜかずっと無言で、恐る恐る顔を覗き込む。
　……え？
「……本気？」
　そう聞いてくるこうくんの顔は……驚くほど赤く染まっていた。
　びっくりしてじーっと見入っていたけれど、すぐに頷いて返事をする。
　途端、こうくんの表情が一変した。
「ま、じか……」
　顔色をパアッと明るくさせ、苦しいくらいに抱きしめてくるこうくん。
「あ——……！」
　だ、大丈夫……？

そう心配になるくらい、おかしなテンションだった。
　　突然ガバッと私の身体を離して、向かい合う体勢にさせられる。
「超好き。もう俺、今すっげー幸せ。ヤバい」
　　全身で幸せだと叫ぶような言動に、胸が締めつけられた。
　　ああ、もっと早く言えばよかった。
　　こんなにも喜んでもらえるなんて……。
　　私の頬に手を添えて、愛しそうに見つめてくるこうくん。
「真由、好きだ。大好き」
「うんっ……」
「夢みたいなんだけど……ヤバいって」
　　私も……同じこと思ってるよ。
　　ほんと、夢みたいだっ……。
「なぁ、もう1回言って」
「え……あっ……」
　　目的語のない唐突なお願いだったけれど、こうくんが何を求めているのかすぐにわかった。
「ダメ？」
　　恥ずかしくて躊躇していると、捨てられた子犬のような瞳で見つめられる。
　　うっ……ず、ずるい……。
「……す、好き」
　　そんな顔でお願いされたら……拒否できないよ。
「はぁ……もうなんか、この世のすべてが手に入った気がする。俺にとっての」

ぎゅうっと私を抱きしめて、首筋に顔を埋めてくるこうくん。
　大げさだと思ったけれど、お互い様かもしれない。
「私、も……今すごく、嬉しい……」
　こんなに嬉しいことって、きっとない……。
　頬を撫でてくれる手に、甘えるようにすり寄った。
「そんな可愛いことされたら、我慢できなくなるんだけど」
「え？　……っ」
「……真由」
　耳元で名前を呼ばれて、頬が熱を持ったのがわかった。
　こうくんは、今にも唇が触れそうな距離まで近づいて、ピタリと止まった。
　それが……目で「キスしてもいい？」と訴えかけているみたいで、そっと瞳を閉じる。
　ファーストキスは、あっという間すぎて、何も憶えていないけれど……。
　セカンドキスは甘酸っぱい味がした……気がした。
　ゆっくりと離れていく唇。
「は……恥ずかしい……っ」
　顔を見られるのも見るのも恥ずかしくて、隠すように両手で覆った。
「なんでそんなに可愛いんだよ」
「か、わいく、ない……」
「じゃあ俺が、教えてあげる」
「……え？」

「俺にとって真由がどれだけ可愛いか……」
　どういうこと？
　そう聞くよりも先に、再び塞がれた唇。
　今度は先ほどとは違い、ぎゅっと押しつけるような深いキスだった。
「ふ、ぅっ……んっ……」
　何度も角度を変えては、啄(ついば)むように重ねられるキスに、恥ずかしい声が漏れる。
「ふっ、かわいー声……」
「……っ」
「ダメだ……我慢してた分、歯止めがきかねー……」
　く、苦しいっ……。
　数え切れないほどキスをされ、ようやく解放された。
　新しい酸素を求めて、大きく息を吸い込む。
「ごめん……大丈夫か？」
　申し訳なさそうに謝られて、なんだか笑ってしまった。
「ふふっ……子供みたい、こうくん……」
「何それ……」
「可愛いっ……」
「……嬉しくない」
「ふふっ」
　でも……本当に、よかった。
　こんなふうにまた、こうくんとの日常が戻ってきて。
「なぁ」
「……？」

「あの男と……なんの話してたの?」
　1人幸せに浸っていると、当然顔色を変えたこうくんにそう迫られた。
　あの男……?　あっ……!
「照史(あきと)くんのこと……?」
「……照史くん?　……なんで名前呼び?」
　一気に不機嫌になるこうくんに、慌てて否定の言葉を入れる。
「っ、ち、違うの……!　えっとね……」
　何から話せばいいのかわからず、私はこの前の出来事をそのまま話すことにした。

　追いかけてきてくれたこうくんから離れて、2人で中庭に移動した。
『中崎くん……ごめんね、巻き込んで……』
　謝罪の言葉を口にする私に、中崎くんは優しく微笑んでくれる。
『そんなのいいよ。巻き込まれたなんて思ってないし』
　本当にどこまでも、優しい人だなぁ……。
『ありがとう……。でも、ごめんなさい』
　だからこそ、ちゃんと返事をしなきゃ。
『……それは、さっきの告白に対しての?』
『うん……。中崎くんの気持ちはすごく嬉しいんだけど、やっぱり私はこうくんが好きなの。だから、中崎くんの気持ちにはどうしても応えられない』

中崎くんのこと、人として好きだから、曖昧な返事はしたくなかった。
『わかった。諦めるとは言わないけど、もう無理に迫るのはやめるよ。でも……１つだけお願いがあるんだ』
『お願い……？』
『うん。花咲さんにとって、仲のいい男友達になりたい。今まであまり喋る機会がなかったから……これからは、俺と友達として仲良くしてくれないかな？』
　そんなお願い、お安い御用だよ。
『うんっ……もちろん。中崎くんさえよければ、仲良くしてほしい』
『ありがとう。じゃあ早速だけど、苗字じゃなくて名前で呼んでよ。俺、照史っていうんだ。花咲さんのことも……真由ちゃんって呼んでもいい？』

「……っていうことで、中崎くんとはお友達として仲良くすることになったの」
「……それ、絶対下心あるだろ」
「え？」
「……ううん。ちゃんと断ったんならいいや……これからは俺が守るから」
　……ま、守る？　何から……？
　不思議に思いながらも、こうくんの言葉が嬉しかったから、とりあえず笑顔を返した。
「これからは……堂々と彼女だって言えるからな」

……そ、そっか。
　私、本当に……こうくんの彼女に、なったんだ。
　嬉しさと恥ずかしさと、それ以上の幸せで胸がいっぱいになる。
　2人で見つめ合って、どちらからともなく微笑みあった。

彼女＊side煌貴

　好きになってもらいたいと、もうずっと願っていた。
　想って焦がれて、それでも……両想いになれる日が来るなんて、想像できなかったんだ。
　それが今――現実になっている。
「先生に怒られるかもしれないね……」
　2人きりの屋上で、真由がそう言った。
　結局、4時間目をサボった俺たち。
　もう時間も時間だから、今から戻るよりもあとで体調が悪くなったと言い訳したほうがいい。
「平気だろ。俺から言っとくから」
　一応、教師からは信頼されているはずだ。
「ふふっ、化学の先生こうくんのこと大好きだから、許してもらえそうだね」
　それは知らないけど……と思いながら、笑顔を返した。
　成績というものは、こういうときに武器になるなと改めて思う。
　人生で初めてのサボりは、一生の思い出になるようなひと時になった。
「ちょっと真由!!　どこ行ってたの!!」
　昼休みになって2人で教室に戻ると、真っ先に駆け寄ってきた三橋の姿。
　真由の頭や頬をペタペタ触りながら、無事を確認してい

02＊初めての気持ち。

　まあ俺も……真由の友達としては、こいつのことを一応認めている。
　昔から、真由はあまり女友達に恵まれていなかった。
　やっぱり顔がいいと僻まれることもあるだろうし、真由が謙遜するところも、女からしたら腹が立つらしい。
　俺に近づくために、真由を使うヤツもいた。
　そんな場面をたくさん見てきた俺にとって、女の友情ほど薄っぺらいものはないと思っているが……こいつは多分、真由を裏切ったりはしない。
「その代わり、今度この子を泣かせたら、本気で別れさせてやるわよ‼」
　心の中で『余計なお世話だ』と呟いて、鼻で笑った。
　お前に心配されなくても……もう、泣かせたりしない。
「それにしても、転校生が驚くほど静かね」
　自分の席に座りひたすらスマホをいじっている転校生を見ながら、腕を組む三橋。
「ああ、言ったから」
「え？」
「もう俺らに関わるなって」
　詳細を省いてそれだけ伝えると、何かを察したらしい三橋はヤバいものを見る目で俺を見てきた。
「……あんたって酷い男ねー」
「うるせぇ」
　つーか、お前だって人のこと言えねーだろーが。
　この前バスケ部の友達が、こいつに振られて死んだ目を

していた。
　なんつーか、真由って変なのに好かれるよな……俺といいこいつといい。
「ほんと、なんでこんな男がモテるかねー。世の中狂ってるわ」
「こっちのセリフだ、ブス」
「だーれーがーブスですって!!　こんなにも美しいあたしをブス呼ばわりするのはあんたくらいよ!　陰湿幼稚ストーカー!!」
「あ？　誰がストーカーだ——」
「ふふっ」
　……え？
「……真由？　どうした？」
　俺たちの言い合いを黙って見ていた真由が、突然おかしそうに笑い始めた。
　俺と三橋は口論を止めて、真由のほうを見る。
「ううん……あ、あのね、３人でこうして話すのが、やっぱりすごく好きだなぁって思って……えへへ」
　……なんだ、この可愛い生き物。
　さっきまでイラついて言い争っていた俺と三橋を浄化する、真由の半端ない可愛さ。
「……あんたのエンジェル力はいったいどこから湧き上がってくるのかしら」
「え、えんじぇるりょく……？」
「いいの、意味はわからなくて。ずっとそのままでいて。

真由はあたしの希望だから」
　三橋、お前は救いようがないバカだけど、今回ばかりは同意してやる。

　放課後になると同時に、三橋はバイトがあると瞬速で帰っていった。
　俺は真由の手を握り、優しく微笑みかける。
「帰ろ、真由」
「う、うんっ」
　３日間一緒に帰っていなかっただけなのに、すごく久しぶりに感じられた。
　そしてやっぱり、痛感する。
　真由がいなきゃ、俺はダメだ。
　たった数十分の距離なのに、真由がいるかいないかで世界が違いすぎる。
　帰り道、楽しそうに話す真由の顔を見ていた。
　一緒にいなかった分、話したいことが溜まっていたんだろう。
　頬をふにゃりと緩めて必死に話す真由が可愛すぎて、一瞬も目を逸らせない。
　あっという間に家に着いてしまい、一緒にいられなかった分を埋めるには全然足りなかった。
「なんだか、寂しいね……」
　手を離すのが惜しいのか、そっと握り返してきた真由。
　そんなことをされたら、帰したくなくなってしまう。

明日は土曜日だし、朝も会えないからなおさらだ。
　　……あ、そうか。
「明日、2人でどっか行く？」
　　休みなら、会う口実を作ればいい。
　　もともと隣の家なんだから、会おうと思えばいつでも会えるけど。
「うんっ……行きたい！」
　　嬉しそうに頷いた真由の頭を、ポンッと優しく撫でた。
「それじゃあ、朝起こしに来て」
「えへへっ……うんっ！　また明日……！」
　　明日の約束ができて寂しさは消えたのか、真由は笑顔で手を振って自分の家に入っていった。
　　俺としてはもうちょっと一緒にいたかったけど……明日も会えるから、これ以上貪欲になるのはよそう。
　　どこに連れて行ってやろうかと考えながら、家の鍵を開けて中に入る。
　　うちは両親共働きだから、いつも先に帰ってくるのは俺。
　　リビングに入り、ソファに寝転ぶ。
　　俺……本当に真由の彼氏になれたんだよな。
　　あー……夢だったらどうしよ。怖くて眠れないかも。
　　臆病なことを考えてしまうほど、嬉しくて顔のにやけが収まらない。
　　そんなとき、カバンの中のスマホが震えた。
　　電話？　誰だ……って、京壱か。
「もしもし」

『あ、煌貴？　久しぶり』

　電話の主は、友達の京壱だった。

　この前真由と行った猫カフェの予約を取ってくれたのはこいつで、正真正銘いいとこのお坊っちゃん。

　人生経験とか言いながらバイトをやっていて、そこで知り合った男。

　こいつとは共通点が多くて、バイトを辞めた今もお互いに連絡を取る仲だ。

「なんかあったか？」

　ちなみにこいつは、俺が真由に長年片想いしていることを知っている。

　俺たちが仲良くなったきっかけが、"幼なじみに片想いしている"ということだったからだ。

　京壱は、バイト先の看板息子だった。

　まさに絵本の中から出てきた王子様みたいなヤツで、常に笑顔を絶やさずニコニコ接客していたため、京壱目当ての常連客が何人もいた。

　最初はヘラヘラした女好きかと思い、関わらないようにしていたのだが、ひょんなことから恋愛の話になり、意気投合したんだ。

　まさかこんな絵に描いたようなイケメンが片想いしてるとは思わなかったが、こいつの愛情は異常だった。

　とにかく、こいつはいろいろと常人離れしている。

『ううん、この前のデートのあと、幼なじみの子とうまくいってるかなーって思って』

こいつ、全部わかってんじゃないかと思うほどタイミングがいいな。
　　もしこの電話が昨日来ていたら、スマホをぶっ壊していたところだけど……。
「うまくいった」
　　電話をもらったのが今日でよかった。
　　やっと俺も、いい報告ができる。
『デートが？』
「どっちも」
　　多分、これだけ言えばこいつはわかるはずだ。
　　頭がいいから、言葉が少なくてもわかってもらえるのは助かる。
『なるほど、おめでとう。やっとだね』
　　案の定すべて理解したらしい京壱は、いつもよりも高いトーンでそう言った。
「すげー長かったから……今おかしいくらい幸せかも」
『あ、惚気？』
「ちょっとくらい惚気させろ。お前は？　どうなの最近」
　　ひと足先に、片想いを終えているこいつ。
『ん？　俺の彼女はいつでも可愛いよ』
「お前も惚気てるじゃん」
『いつか煌貴の彼女に会わせてくれよ。4人で食事にでも行こう』
「いいけど、惚れんなよ」
　　冗談混じりに、そう笑ってやる。

普通なら真由に惚れない男はいないと思っているし、本気で警戒するけど……こいつは安全だから。
　だって、俺は知っている。
『それはありえないかな。俺が乃々以外に惚れることなんて……まあ、煌貴が乃々に惚れるようなことがあれば、回答無用で息の根を止めてあげるよ』
　こいつが異常なほどその幼なじみとやらに入れ込んでいることを。
　また物騒なこと言いやがって……。
「お前が言ったら冗談に聞こえねーよ」
『冗談？　何が？』
「……いや、なんでもない……」
　どうやら本気だったらしく、何も言えなくなった。
　相変わらず、ぶっ飛んでんな……。
「まあ、また今度な」
　別に京壱の幼なじみには興味はないけど、京壱がここまで心酔する人間がどんなヤツかは、ひと目見てみたい気もする。
『うん。彼女さんと仲良くね』
「お前こそ」
　そう言い残して、俺は電話を切った。
　彼女さんと仲良く、か……。
　彼女って、いい響きすぎるな……。
　真由と付き合えたことが嬉しすぎて頭のネジがぶっ飛んでいる俺は、そんな単語にすら口元が緩むほど喜んでいた。

恋バナ？＊side真由

　日曜日。
　今日は、従姉妹の莉子ちゃんが家に来る。
　莉子ちゃんが好きなケーキや紅茶を用意して、万全の態勢で待っていた。
　会うのはもう、半年ぶりくらいになる。
　そういえば……莉子ちゃんから来週行くねって言われてからの１週間、いろんなことがあったな……。
　あのときはまさか、１週間後にこうくんと正式に付き合っていることになるなんて……思いもしなかった。
　人生って、何があるかわからないなぁ……。
　そうしみじみ思いながら、こうくんのことを考えると自然と頬が緩んだ。
　何はともあれ、こうくんと恋人になれて……よかった。
　間違いなく、今とても幸せだ。
　──ピンポーン。
　そんなことを考えているとインターホンの音が聞こえて、慌てて立ち上がった。
　莉子ちゃん……！
「はい」
　ドアホンの画面に映された、莉子ちゃんの姿。
『あ、真由ちゃん？　私だよ』
「今開けるね！」

玄関へと急いで、すぐにドアを開けた。
「莉子ちゃん！　久しぶり……！」
「真由ちゃーんっ！」
　会うなりお互い抱きついて、ぎゅーっと再会のハグを交わす。
　そう遠くない距離に住んではいるけれど、最近はずっと会っていなくて、本当に久しぶりだった。
　長いハグのあと顔を見合わせて、どちらからともなく笑った。
「真由ちゃん、また可愛くなったねっ……！」
　え？
　莉子ちゃんってば、また変なことをっ……。
「か、可愛くないよっ。莉子ちゃんのほうこそ、いつ見てもお人形さんみたいっ！」
「ま、真由ちゃんは眼科に行ったほうがいいよ……！」
　相変わらず、莉子ちゃんは可愛いのにまったく自覚がないというか……。
　こんなに美少女なのに全然高飛車じゃなくて、とっても優しいから、これはこれで莉子ちゃんの魅力ではあるんだけれど……！
「あ！　どうぞ上がって」
「うん！　おじゃまします！」
　2人で家に入り、リビングへと進む。
「真由ちゃんママは？」
「今日はお仕事でいないの……。ママも莉子ちゃんに会い

たがっていたんだけど」
「そっか、お仕事なら仕方ないよね。あ、これお母さんがお中元でたくさんもらったから持っていってって」
「わ！　こんなにたくさんありがとう……！　持ってくるの大変じゃなかった？」
「ううん！　全然だよ！」
　莉子ちゃんから紙袋(かみぶくろ)を受け取り、ソファのほうへと案内した。
「座って待ってて。ケーキ持ってくるね」
「え！　ケーキまで用意してくれたの？　ありがとうっ」
　えへへ、ゆっくりお話ししたくて、お菓子もたくさん用意したんだ。
　紅茶とケーキを用意して、トレーに乗せて持っていく。
「莉子ちゃんはモンブラン！」
「わーっ、モンブラン大好き！」
「えへへっ、よく食べてたもんね」
「真由ちゃんは相変わらずイチゴタルトが好きなんだね」
「うんっ、大好き」
　テーブルの上に移し、2人で向かい合って座った。
　なぜか莉子ちゃんが私の顔をジーッと見てくるので、不思議に思い首を傾げる。
　私の顔に何かついてる……？
「……真由ちゃん、なんだか雰囲気変わった？」
「えっ……？」
　雰囲気？

「なんていうか……前よりも女の子らしさがさらに増したというか……」

　莉子ちゃんの言葉に、心臓がドキリと大きく跳ねる。

　私のその反応に何かを察したのか、莉子ちゃんは目を大きく見開いた。

「……もしかして、恋人ができた、とか？」

「……っ」

　図星を突かれ、息を呑む。

　莉子ちゃんって自分の可愛さには鈍感なのに、どうしてこういうところは鋭いんだろうっ……。

「ほ、ほんとなの？　わっ……おめでとう！　どんな人？」

　何も返事をしていないのに、話が進んでいく。

　隠すようなことじゃないけど、は、恥ずかしい……。

　どんな人って……あ、そういえば莉子ちゃんは、会ったことあるはずだ。

「じつは……こうくんなの」

　憶えてるかわからない……と思ったけど、どうやらその心配はいらなかったらしい。

「ええ！　あの幼なじみの男の子！　ふあ～……」

　驚いた様子で変な声を出す莉子ちゃんに、恥ずかしくなって顔を逸らした。

　なんていうか、身内の人とこういう話をするのは……友達とするのとはまた違う……。

「びっくりしたけど、真由ちゃんが幸せそうで嬉しいっ」

「莉子ちゃん……」

「えへへっ、お幸せに！」

満面の笑みで言われ、じーんと胸に響いた。

「ありがとう……！」

恥ずかしいことには変わりないけど、莉子ちゃんの気持ちがすごく嬉しい。

莉子ちゃんは、本当にいい子だなぁ……。

可愛いし、優しいし、明るいし……。

「莉子ちゃんは、そういう人いないの……？」

そういえば、莉子ちゃんのそういう話も今まで聞いたことなかったけど……。

「えっ……」

私の問いかけに、ポッと効果音がつきそうなほど顔を赤らめた莉子ちゃん。この反応は……何かある！

「いるの!?　どんな人？」

自分が聞かれたときは恥ずかしかったけれど、人の恋愛事情はすごく気になる。

前のめりになってじーっと見つめる私に、莉子ちゃんは恥ずかしそうに口を開いた。

「……え、えっと……1つ上の先輩（せんぱい）……」

顔を赤くして視線を下げる姿は、とっても可愛い。

「先輩？　すごい！　少女マンガみたい！」

「うん……その人ね、ほんっとに少女マンガに出てくるヒーローみたいなの……湊（みなと）先輩っていうんだけど……どうして私みたいなのを好きになってくれたのか、未だに不思議なくらい」

少女マンガのヒーローみたいな人……なんかすごそう。
　それより莉子ちゃんは、もっと自分に自信を持ったほうがいいのに……！
「莉子ちゃんには魅力いーっぱいあるよ！」
　その相手の人がどんな人かはわからないけれど、莉子ちゃんを選ぶってことは、きっと見る目のある人だ。
「ありがとう、真由ちゃん……。少しでも釣り合うように、頑張ろうって思ってる」
「そんなカッコいい人なんだね、相手の人……！」
「うん。カッコよくて、すごく優しい」
　そっか……莉子ちゃんの恋人がいい人で、なんだか私も安心した。
　おめでとうという気持ちを込めて笑顔を浮かべた私に、同じものを返してくれる莉子ちゃん。
「ふふっ、莉子ちゃんが幸せそうっ」
　その先輩のこと、大好きなんだろうなぁ……。
「なんだか真由ちゃんと恋バナする日が来るなんて、不思議だね」
「ほんとだね」
「ふふっ」
「えへへっ」
　どちらからともなく微笑み合って、私たちはそのあと、会えなかった時間を埋めるようにいろんな話をした。

「わ、もうこんな時間！　そろそろ帰らなきゃ！」

莉子ちゃんの声にチラリと時計を見ると、短い針が『7』へ差しかかろうとしていた。
「ほんとだ……！　もう外暗いね」
　話に夢中になりすぎて、気づかなかった……！
「私、駅まで送っていくよ！」
　こんな時間に、莉子ちゃんみたいな可愛い子が１人で歩くなんて危ない……！
　長居させてしまった責任もあるし、私がちゃんと送っていかなきゃ……！
「え……いいよ、いいよ。帰り道が危ないし」
　危ない？
　あ……もしかして莉子ちゃん、私が方向音痴だから言ってる……？
　さすがに駅までの道くらいわかるよ……！
「地元だから平気だよ！　私そこまで方向音痴じゃないよっ」
「そういう意味じゃ……」
「それに、もうちょっと莉子ちゃんと喋りたいし……ダメ？」
「可愛いっ……ダメじゃないよ！」
　可愛いの意味はわからないけれど、ひとまず説得できたからよしとしよう。
　帰りの支度をすませた莉子ちゃんと、玄関へ向かう。
　その途中、莉子ちゃんのスマホが鳴った。
　プルルルルッ。

もしかして、莉子ちゃんママ……？
　遅いから心配しているんじゃ……。
「ん？　誰だろう……って、湊先輩？」
　湊先輩？
　あっ、彼氏さん……！
　慌てて電話に出た莉子ちゃんを、私は見守るようにじっと見つめた。
「もしもし？　あ、はい。今従姉妹のお家で……。はい、今から帰ろうと思って……迎え？　だ、大丈夫ですよ！　わざわざ来てもらわなくても……え、あのっ……切れちゃった」
「彼氏さん？」
「うん。……駅まで迎えに行くって……」
　どうやら心配して電話をくれたらしく、困ったように、でもどこか嬉しそうに微笑む莉子ちゃん。
「優しいね！」
「うん……心配性みたい」
　幸せオーラがだだ漏れになっている莉子ちゃんを見て、私は頬が緩むのを抑えられなかった。
　彼氏さんが駅まで迎えに来てくれるってことは、駅までは私が送り届けるから安全だ。
　私と別れたあと、莉子ちゃんが1人になってしまうのが心配だったから、よかった。
　玄関の扉を開けて、2人で家を出る。
　そのとき、隣の家からガチャリという音が聞こえた。

……あれ？
「……真由？」
　すごいタイミング。
　ちょうど家から出てきたこうくんの姿に、驚いて目を見開いた。
　コンビニにでも行くところかな？
「幼なじみさん？」
　莉子ちゃんが意味深な笑みを含ませてそう聞いてくる。
「うん、そうだよっ。こうくん、この子は従姉妹の莉子ちゃん。同い年なの」
「……ああ、どうも」
　こうくんが不思議そうにしていたので紹介すると、あまり興味がなさそうな声が返ってきた。
　それに、ちょっとだけほっとしてしまう自分がいる。
　莉子ちゃんは女の私から見てもすごく可愛いから、こうくんが好きになっちゃったらどうしようって、一瞬心配しちゃった……。
　莉子ちゃんにヤキモチを焼きそうになるなんて、私は心が狭いなぁ……。
「で？　何してんの？」
　1人でそんなことを考えていると、こうくんにそう尋ねられ、慌てて口を開く。
「今から莉子ちゃんを駅まで送っていくの！」
「今から？」
　なぜか眉間にしわを寄せ、焦った様子で私たちのほうへ

と歩み寄ってくる。
「……俺も行く」
　え?
「でも……」
「帰り1人じゃ危ないだろ?」
　もしかして、こうくんも私が迷子になると思ってる?
「もう、私そんなに方向音痴じゃないもん!」
　た、確かに方向音痴だけど、それは認めるけど……2人に言われるなんて心外……。
　みんなそろって、私のことバカにしすぎだよ……。
「そういう意味じゃねーって……とにかく俺も行くから」
　肩を落とす私の頭を撫で、「行くぞ」と言って歩きだすこうくん。
　なんだか、駅まで3人で行くみたいな流れになっちゃったけど……。
「ええっと……いいかな、莉子ちゃん……?」
「私はもちろん大丈夫だよ」
　笑顔で頷いてくれた莉子ちゃんにお礼を言って、先を歩くこうくんについていく。
　こうくんはいつも隣を歩くのに……もしかして、気を遣ってくれているのかな?
　不器用な気遣いに、ちょっと嬉しくなった。
　駅まで20分くらいの道を、3人で歩く。
「あの」
　……ん?

突然、莉子ちゃんがこうくんに向かって口を開いた。
「付き合い始めてから長いんですか？」
　唐突にそんな質問を投げかけた莉子ちゃんに、私は目が点になる。
「え……」
　こうくんも驚いた様子だった。
　ただ、それは質問に対して驚いているわけではなかったらしい。
　私のほうを見ながら、「言ったのか？」とでも言いたげな顔をしている。
　恥ずかしくて何も言えずにいると、こうくんの表情がやわらかいものに変わる。
「いや、正式にはまだ付き合い始めたばっかりで……」
　心なしか、声色から機嫌のよさが伝わってくるみたいだった。
「そうなんですか。ふふっ」
「も、もうっ、莉子ちゃん……！」
　からかわないでという意味を込めて服の裾をクイっと引っ張る。
　莉子ちゃんは楽しそうに頬を緩ませながら、再び口を開いた。
「でも、真由ちゃんを選ぶなんて見る目あると思います」
　……莉子ちゃん？
「私が男の子に生まれてたら、ぜーったいお嫁さんにしてたもんっ……！」

ぎゅっと手を握られ、満面の笑みを向けられた。
　莉子ちゃん……。
「ふふっ、私も男の子だったら、莉子ちゃんと結婚するー！」
　嬉しくって、莉子ちゃんにぎゅっと抱きついた。
　莉子ちゃんも抱きしめ返してくれて、私たちは終始微笑み合っていた。
「……」
　こうくんが１人、不機嫌なオーラを垂れ流していたことには気づかなかった。

「真由ちゃん、彼氏さん、送ってくださってありがとうございます！」
　話していたら、あっという間に駅に着いた。
　また当分会えないのかなぁと思ったら、寂しい気持ちになる。
「こちらこそ、今日は遊びに来てくれてありがとう！　今度は私もおじゃまするね……！」
「いつでも来てね！　また話しようねっ」
「うん……！」
　最後にもう一度ハグをして、バイバイをしようとしたときだった。
「莉子!!」
　どこからか莉子ちゃんを呼ぶ声が聞こえたのは。
　誰？
　キョロキョロと辺りを見回すと、改札のほうから走って

くる男の人の姿が。
「あ……湊先輩」
　え？　じゃあこの人が莉子ちゃんの……。
　男の人は、まっすぐこちらへ走ってきて、莉子ちゃんの隣に来た。
　うわ……すっごく綺麗な人……。
　莉子ちゃんが言っていたように、まるで少女マンガから出てきたような立ち姿。
　顔からスタイルまで、文句のつけようがないほど整っている人だった。
　彼氏さんは莉子ちゃんの肩を抱いて、こうくんのほうをじっと見ている。
「……この男、誰？」
　なんだか、不機嫌……？
　険悪なムードにおろおろしていると、莉子ちゃんが沈黙を破るように口を開く。
「この人は従姉妹の真由ちゃんの恋人です。2人で駅まで送ってくれて……」
　莉子ちゃんの言葉に、毒気が抜けたように表情が変わった彼氏さん。
「ああ、そっか。すみません……莉子のことを送ってくれて、ありがとうございます」
　さっきまでの態度から一変、笑顔で頭を下げた彼氏さんに、こうくんも会釈をした。
　私も続いて、ぺこりと頭を下げる。

「こちらこそ、遅くまで付き合わせてすみませんっ」
「いえ。また遊んであげてくださいね」
　よ、よかった……最初は怖い人かと思ったけれど、いい人そう。
「莉子、荷物貸して」
「あ……ありがとうございます」
「ほら、帰ろ」
「はい」
　スマートに莉子ちゃんから荷物を取り、手を握った彼氏さん。
「またね、真由ちゃん！」
「バイバイ、莉子ちゃん！」
　手を振って、笑顔で２人を見送った。
　２人の姿が見えなくなり、視線を隣のこうくんに移す。
「帰ろっか、こうくん」
「ん」
　莉子ちゃん、幸せそうだったなぁ……ふふっ。
　先ほどの２人の後ろ姿を思い浮かべながら、幸せな気持ちで駅を後にした。
「莉子ちゃんの彼氏さん、すっごくカッコいい人だったよね……！　芸能人みたいだった……！」
　２人になった帰り道。
　こうくんに笑顔で話しかけると、なぜか不機嫌そうな表情が返ってきた。
「……こうくん？」

どうしてそんな顔してるんだろう……？
「真由はああいう顔がタイプ？」
　こうくんから返ってきた言葉に、自分が失言をしてしまったことに気づく。
　そっか……他の男の人をカッコいいって言うなんて、こうくんからしたら嫌だよねっ……。
　私もこうくんが他の女の子を可愛いって言ったら、複雑な気持ちになっちゃうもん……。
「ち、違うよ……！　ただ、顔が整っていたから、なんていうか……すごいと思っただけで……」
　慌てて弁解するも、こうくんの機嫌は悪いまま。
　うー……どうしよう。
　本当に、芸能人を見るような感覚でカッコいいって言っただけなんだけどな……。
　だって、私は……。
「私がそういう意味でカッコいいと思うのは、こうくんだけ、だよ……？」
　確かに莉子ちゃんの彼氏さんはイケメンだったけど、
　私にとってはこうくんのほうが、何倍もカッコいい。
　ぽつりと呟いた本音は、こうくんにちゃんと届いたみいで。
「そっか」
　機嫌をよくしたらしいこうくんに手を握られた。
「俺も。真由だけが可愛い」
　……っ。

まっすぐ見つめられ告げられた言葉に、頬が熱くなる。
　嬉しい、けど……私は自信がないから、素直にその言葉を受け入れられない。
「でも、莉子ちゃん可愛かったでしょ？」
　思わず、そんな言葉が溢れる。
　……なに言ってるんだろう、私。
　これじゃあ、面倒な彼女みたい……。
「そうか？　憶えてない」
　自分で言って自分で落ち込んでいる面倒くさい私の頭を、優しく撫でてくれるこうくん。
「俺、真由しか眼中にないから」
　こうくん……。
「真由のほうが、何億倍も可愛い」
　そんなわけないのに、わかっているのに、なんだかもうそれだけで充分な気がした。
　こうくんが可愛いって思ってくれるなら、他の誰にどう思われたっていい。
　こうくんがくれる可愛いは、私にとって何にも代えられないほど嬉しかった。
「ありがとうっ……」
　握っている手に力を込めて、こうくんのほうにピッタリと寄り添った。
　好きだと心が叫んでいる。
　本当に、大好き……。
「つーか、冗談でも俺以外と結婚するとか言うな。女相手

でも妬く」
　え?
　……もしかして、それでちょっと機嫌悪かったの……?
「……こうくんっ、可愛い……!」
　莉子ちゃんは女の子だから、ヤキモチなんか焼く必要ないのに。
「かわ……いや、嬉しくないし」
　不満げに眉間にしわを寄せるこうくんの姿に、胸がキュンッと音をたてた。
　莉子ちゃんも、すっごく幸せそうだったけど……。
「カッコいいよ、こうくんは」
　私は今、誰よりも幸せな気がするなぁ……。
　それは紛れもなく、隣にこうくんがいてくれるからなんだろう。
「カッコいいは嬉しい。もっと言って」
「何回も言うのは恥ずかしいっ……」
「じゃあ俺がその分可愛いっていう」
「そ、それも恥ずかしいっ……」
　こうくんと2人。
　家までの道のりを歩きながら、この時間がもっと続けばいいのになぁと思った。

03＊とびきり甘い恋人。

おはようのキス＊side真由

「こうくん、起きてー！」
　身体をゆすり、目覚めを促す。
　ゆっくりと開かれていく瞼から覗く、綺麗な瞳。
　それが私を捉えた途端、腕を引っ張られた。
　強く抱きしめられ、身動きを封じられる。
　……ここまでは、お試しで付き合っていたときと同じ。
　でも、今は……。
「おはよ……真由」
　――ちゅっ。
　あっさりと奪われた唇。
　いわゆる"おはようのキス"というのが毎朝の恒例になって、1ヶ月が過ぎた。
　ま、また、急にっ……。
　いつも前置きなくされるから、心臓に悪いっ……。
　顔が熱くてたまらなくて、見られないように隠す。
　こうくんはそんな私に、口角をつり上げた。
「いつになったら慣れんの？」
「……っ」
「まあ……そうやって真っ赤になってるところも可愛いんだけど」
　そんなことを恥ずかしげもなく言って、私の髪をさらりと撫でてくる。

そのまま、額にかかっていた前髪をかき上げると、急に唇を重ねられた。
「また赤くなった……なんでそんな可愛いの？」
　至近距離で見つめながら、焦れたように笑うこうくん。
　最近の私は、こうくんが甘すぎて溶けてしまいそうだ。
「か、可愛くないもん……っ、は、早く学校に行かないと、遅刻しちゃうっ……！」
「ふっ、そうだな」
　意地悪な笑みを浮かべているこうくんに、私はいつもドキドキさせられっぱなし。
　でも、こうくんと一緒にいられる幸せを、毎日のように感じていた。

「えー、来月行われる運動会の種目決めを行う」
　LHRの時間。
　担任の言葉に、もうそんな時期かぁと、時の流れの速さを感じた。
「運動会とか……この年になってはしゃげないわよね……」
　隣の席で爪の手入れをしながら、興味なさそうにぼやいている夏海ちゃん。
　あはは……夏海ちゃんは大人だなぁ……。
　私は、少しワクワクしているかも……。
　だって運動会は……カッコいいこうくんがたくさん見られるんだ。
　い、いつもカッコいい、けどっ……。

運動神経がいいこうくんは、毎年いろんな競技に引っ張りだこ。
　女の子からの声援も相まって、さながらアイドル並みに目立っている。
「ちなみにクラス対抗リレーだが、50mのタイム順に選出した」
　今年も楽しみだなぁ……と思っている私に、死刑(しけい)宣告のような言葉が届いた。
「え……リレー……」
　待って……去年は立候補制だったのに、どうして今年は突然……！
「俺のクラスで負けは許さん！　みんな、本気で勝ちに行くぞ!!」
「「「おー!!!!」」」
　なぜか異様な盛り上がりを見せている中、私は１人肩を落とした。
　そ、そっか……担任が体育の先生だから、本気モードなんだ……。
「ドンマイ真由。まあ仕方ないって、真由のタイムは異常に速かったし」
「私……目立つの苦手……」
「まああたしも走るから、一緒に頑張りましょう」
　黒板にリレーの走者が書かれた。
　夏海ちゃんの名前の隣に、私の名前を発見。
　じつは中学のときに陸上部に入っていて、短距離は得意

だった。
　といっても走るのが特別好きなわけではなく、ましてや運動会でリレーに出るなんて……こけたりしたらどうしようっ……。
「真由、嫌なら俺から言おうか？」
「こうくん……。ううん、大丈夫。決まったことだから仕方ないよね……」
　今さら拒否したら、クラスの空気が悪くなりそうだし。
「こうくんもアンカーだから、私も頑張るっ……」
　せめて最下位にならないようにっ……！
「嫌だったらいつでも言えよ？」
「うん……えへへ。ありがとう」
　笑顔でお礼を言うと、優しく頭を撫でられた。
　そのあとも運動会の種目決めは続き、私はリレーの他に、2人3脚にも出ることになった。
　一方、こうくんはというと……。
「こうくん、4つも出るなんてすごいね……！」
　騎馬戦、リレー、借り物競走、スウェーデンリレー。
　ちなみにスウェーデンリレーは、合計4人で1000mを走りきる競技で、第1走者が100m、第2走者が200m、第3走者が300m、そしてアンカーの第4走者が400mを走ることになっている。
　こうくんはもちろん、アンカーに抜擢されていた。
　最多出場数じゃないだろうかと思うほど引っ張りだこな様子に目を輝かせる私とは裏腹、こうくんはげんなりして

いる。
「……勝手に決められた……だるい」
　あからさまに嫌そうだけど、私はやっぱり楽しみ。
「頑張ってね、こうくん……！　私、いっぱい応援する」
　大きな声を出すのは苦手だけど、たっくさん応援しなきゃ……！
　こうくんは、私を見ながら嬉しそうに笑った。
「うん。真由にカッコいいとこ見せたいから頑張る」
　そ、そんなの……。
　こうくんは、いつでもカッコいい、のに……。
　そう思ったけれど、言葉にするのは恥ずかしくて、視線を逸らした。
「そこ!!　イチャイチャしない!!」
　夏海ちゃんの罵声が飛んできて、こうくんが舌打ちをしたのは言うまでもない。
　2人が犬猿の仲なのは相変わらずで、なんだか笑ってしまった。

　運動会の前日に、一応軽い打ち合わせのようなものが行われる。
　簡単にスケジュールを合わせて、同じ競技の選手と顔合わせをするものだ。
　リレーの説明が終わり、次は2人3脚なんだけど……。
「あ、あの……松沢さん、よろしくお願いしますっ……」
　なんと私は、松沢さんとペアになってしまった。

こうくんも夏海ちゃんも、何かあったら助けを呼べ！って言ってくれたけど。だ、大丈夫だと思う、きっと……！
　同じクラスで関わらないなんて不可能だもんね……。
　嫌われているだろうけど、会話くらいは……。
「うん、よろしくー！」
「……っえ？」
　明るく返事をされて、思わず変な声が漏れた。
　ま、前は……もっと嫌悪感丸出しだったのに……いったいどうしたんだろうっ……。
　普通に接してくれるのは嬉しいけれど、なんだかそれが逆に恐ろしかった。
「えー？　もしかしてビビってる？　何もしないから安心してよー！」
　顔に出てしまっていたのか、私を見ながらそう言って、ニコニコ笑っている松沢さん。
「あ……う、うんっ……」
「ていうか、あたしさ、まゆまゆと友達になりたかったんだよねー！」
　……ま、まゆまゆ？
　それって、私のこと……？
「え、えっと……私？」
　いったいどういう風の吹き回しだろうと思いつつも、確認のため聞き返す。
「うん！　そう！」
　笑顔で頷く松沢さんに、もう何がなんだかわからなく

なってしまった。
　どうして私と友達になりたいなんて発想になったんだろうっ……あんなに嫌われていたのに……。
　理由を聞いていいものかわからなくてオドオドしていると、松沢さんは小悪魔的な笑みを浮かべた。
「じつはあたし、今照史くん狙ってるんだ」
「え……？」
　照史くん……？
　松沢さんって、こうくんのことが好きなんじゃなかったっけ……？
「まゆまゆは照史くんと仲いいでしょ？　だから協力してよー！」
「えっと……あ、あはは……」
　もう、全然わからないや……。
　とりあえず笑っておこうと思い、苦笑いを浮かべる。
　うーん……どういうことだ……。
　もしかして、この1ヶ月の間に何かあったのかな……？
　照史くん優しくていい人だし、好きになる要素はたくさんあるもんね……！
「あ、あの、照史くんのどういうところが好きなの？」
「え？　顔」
　意を決して質問をしてみた私に、即答した松沢さん。
　……か、顔？
　……？
「とりあえずこの学校じゃ煌貴が1番っぽいから狙ってた

けど、さすがに諦めついたしー!　なら次にタイプなのは照史くんかなーって!」
　もう、松沢さんの勢いに圧倒されるしかなかった。
「そ、そっか……」
　なんていうか……す、すごい子だ……。
　ここまで潔いと、逆に筋が通っているというか……。
　兎にも角にも、そこまで悪い人じゃなさそうで安心した。
　2人3脚はなんとか乗り越えられそうだなと思い、私は安堵の息を吐いた。

運動会＊side煌貴

　雲１つない晴天。
　鬱陶しいくらい眩しい太陽の下、運動会が開かれた。
　運動会はクラスごとの対抗になる。
　俺たちＡクラスは１年と３年のＡクラスと仲間で、あとは全員敵だ。
「お前ら今日は頑張れよ！　優勝したら俺の自腹で奢ってやるからな！」
「「「「うぉおおおー!!!!」」」」
　担任の呼びかけに、やけに盛り上がっているクラス連中を放っておいて、俺は真由の隣に座る。
「真由、暑くない？」
　パタパタと手で扇いでいる真由の顔を覗き込むと、にこりと可愛らしい笑顔を向けられた。
「うん、平気だよ」
　真由は身体があんまり丈夫なほうじゃないから心配だ。
　中学の頃も、陸上部の練習でよく熱中症になっていた。
　俺は真由が陸上部に入るって言うから一緒に入部したけれど、毎日気が気じゃなかったな。
「ちゃんと水分補給しろよ？」
「うんっ……！」
　優しく頭を撫でると、嬉しそうに頷く真由。
　その姿に癒されていたというのに、煩わしい邪魔者が

入った。
「あんたは過保護だっつーの!!」
　あー……こいつはいつでもどこでもうるさいな。
　邪魔だからあっち行ってろ、ブス。
「……」
「無視すんじゃないわよ!!!」
　うるさいのは放っておいて、今はひとまず休んでおこう。
　勝手に４競技も決められたせいで、真由とゆっくりできる時間は最初くらいしかない。
　今のうちに、真由に癒されておこう。
　真由も、準備に行かなきゃいけないだろうから。
「２人３脚、気をつけろよ」
　もう何度も忠告したが、念には念を入れておこうと、最後にそう伝えた。
　本当は、真由のペアが転校生だと知ったとき、すぐにでも競技を変えさせようとした。
　でも、真由が大丈夫だと言って聞かないから、仕方なく許したんだ。
　あの女……もし真由に何かしたら、ただじゃおかない。
「え？　あっ……うん！　こけないように頑張るね！」
　いったい俺が何を心配していると思ったのか、恥ずかしそうに笑う真由。
　可愛いけど……そっちじゃないから。
「そうじゃなくて……転校生だよ」
　真由は「ああ……！」と納得した様子で、ふわりと微笑

んだ。
「大丈夫だよ！　松沢さん、本当はいい人だから！」
　……なに言ってんだよ、マジで……。
　あれだけ酷い言葉を吐かれたくせに、その相手をいい人呼ばわりできる真由の頭の中が心配だ。
　お人好しっていうか、人を疑うことを知らないっていうか……でも、仕方ないか。
「……まあいいや」
「え？」
「俺は真由のそういうところが好きだから」
　何かあれば、俺が守ればいい。
「……っ」
　ポンッと優しく頭を撫でてやれば、真由は頬を真っ赤に染めた。
　好きという言葉に照れたのだろうか、毎日言っているのに、本当に慣れないな。
「また赤くなってんの？」
　そういうとこも好きなんだけど。
「こ、こうくん、意地悪だよ……」
「うん。真由が可愛いからいじめたくなる」
　ますます赤らむ真由を、いじらずにはいられない。
　これも愛情表現だから、許してほしい。
　競技が始まる前の、癒しのひと時。
　こういう幸せな時間にピリオドを打ってくるのは、いつもあの女だ。

「公共の場でイチャイチャしてんじゃないわよ!!」
　キャンキャン喚く三橋に、俺の頭の血管がピシリと音をたてた。
　あー……せっかく真由に癒されてたのに。
「わ、私、準備行ってくるっ……！」
　からかわれた真由も、照れたのかそう言って立ち上がり、逃げるように入場門のほうへ行ってしまった。
　クソ……。
「お前、次邪魔したらそのうるせー口に粘着テープ貼りつけてやるからな？」
「は？　男のくせに女に暴力振るうわけ？　うわー、DV男だわ。真由に忠告しておかないと」
「……殺すぞ、ブス」
　はぁ……こいつと喋っていても時間の無駄だな。
　俺も真由の次だし、行くか……。
　借り物競走の待機コーナーで、真由の競技を見守る。
　転校生のことを警戒していたが、どうやら無事に走りきったようで、１位のゼッケンをもらっていた。
　ひと安心して、安堵の息を吐く。
　俺も１競技目頑張るか……。
　２年の男が呼ばれ、スタートの位置に立つ。
「よーい……」
　ピー！という笛の音とともに走りだした。
　ネット、平均台、ハードルという３つの障害物をクリアし、最後のお題を引く。

この時点で余裕を持って1位で走っていた。
お題は……ん?
なんだこれ。
紙に書かれている言葉に一瞬考えたが、思い当たるものが1つだけあった。
……よし。
観客席のほうへと走って、目当ての人物を探す。
すぐに見つけたその姿に、手を伸ばした。
「真由! 来て!」
このお題は、真由とじゃなきゃゴールできない。
「え? わっ……!」
俺に手をつかまれ驚いた様子だったが、何も言わずについてきてくれた真由。
「走れる? お姫様抱っこするか?」
冗談と本気が半分ずつの言葉に、真由はわかりやすく顔を赤くさせた。
「は、走れるっ……!」
「残念」
そんな会話をしながらも、俺たちは1番にゴールテープを切った。
「おー! 1番にゴールしたのはAクラスです! さぁ、お題はなんですか?」
審判に引いた紙を渡す。
真由も内容が気になったのか、首を伸ばして覗くように見ていた。

「おおっと……お題は『可愛いもの』です！ これは、惚気られているのでしょうか!? 言いたいことはたくさんありますが、ひとまずオッケーです！ お題クリア!!」
　まあ、当たり前。
　ていうか、俺の中で可愛いという言葉に結びつくのは、真由しか思い浮かばなかった。
　……多分、本人は恥ずかしがるだろうけど。
　案の定顔を真っ赤にし、両手で隠している真由。
「「ヒューー!!!!」」
　観客席のほうから冷やかしの声があがって、真由は頑なに顔を隠していた。
　無事１位を獲り、俺たちは退場する。
「ありがと、真由」
「ひ、酷いっ……！ あんな大勢の前で恥ずかしかったんだから……っ」
　ちょっと怒っているみたいだったが、そんな顔をしても可愛いだけだ。
「だって、真由しか思い浮かばなかったから」
「……っ、こうくんはずるい……」
　最近、よくそんなこと言うよな。
　でも、真由も大概だと思う。
　毎日どれだけ俺が翻弄されているか、全然わかってない。
　今だって……そんな赤い顔で睨まれても興奮するだけなんだけど。
「みんなに見られるの、嫌だった？」

「は、恥ずかし、かった……」
　素直にそう答える真由。
「ごめん。でも……これでちょっとは見せつけられたかな」
「……え？」
「真由は"俺の"だって」
　本当は抱きかかえたりして、もっと真由は俺のだって見せつけたかったけれど……。
　堂々と彼女だってアピールできるのは、思っていたよりずっと幸せなんだな。
　今までずっと幼なじみという歯がゆい関係を続けていたこともあって、なおさら強くそう思った。
　そんな子供みたいなことを思っている俺を見て、真由は意外とでも言いたそうな顔をしていた。
　どんな言葉が返ってくるだろうと、真由の返事を待つ。
　笑われるだろうなと予想していたけれど、真由の反応は思ってもみないものだった。
「そんなことしなくても……私はこうくんのだよっ……」
　……っ。
　どうして俺の彼女は、そうやって俺が喜ぶ言葉をくれるんだろう。
「そんな可愛いこと言われたら、離せないんだけど」
　運動会なんかサボって、早く２人きりになりたい。
　真由の瞳に、俺だけが映ればいいのに。
「ダ、ダメだよ……！　こうくん次騎馬戦だよね……？」
「別に俺がいなくても平気だろ」

「た、大将がいなきゃ成り立たないよ……！」

　あー、そうだ。俺、大将だった……。

　勝手に決められた役に、今になって反抗する気持ちが湧き上がる。

　クソ……今さらだけど４種目も入れるんじゃなかった。

　真由といられる時間がマジで少ない。

　ばっくれようかな……。

「私、こうくんの大将姿を見るの、すごく楽しみ……！応援してるねっ……！」

「じゃあ行く」

　即答して、ハチマキを巻き直す。

　面倒だけど、真由にそんなことを言われたらサボるわけにはいかない。

「えへへ、うんっ。頑張ってね、こうくん……！」

　その応援ひとつで、どんなことだって頑張れる気がした。

「死ぬ気で頑張る」

　カッコ悪いところを見せないためにも、負けるわけにはいかないな。

　離れがたさは否めないが、真由の応援を胸に、俺は入場門のほうへ向かった。

　騎馬戦は、３試合行われる。

　１戦目は取ったハチマキの数で競うシンプルなもの。

　２戦目は大将のハチマキを取ったものが勝ち。

　３戦目は一騎打ち……というもの。

　２戦目で終わらせたいな……と思いながら騎馬を組み、

大将のハチマキを着けた。
「新城、任せたぞ！」
「ん、お前らもやられんなよ。ヒョロそうだからな」
「ヒョロくねーよ!!　やられねーよ!!」
　クラスメイトと他愛もない会話をしていると、騎馬戦が幕を開けた。
　まずは様子見。
　とりあえず逃げの一手で、だいたいの状況を把握（はあく）する。
　Aクラスは……ぼちぼち残ってんな。
　大将騎馬同士が真っ向勝負は危険なので、サポートに回ることにした。
　やられそうな味方の騎馬を助け、効率よくハチマキを奪っていく。
　ちょっとせこい手かもしれないけれど、勝ちにいくならこれがベストだ。
　他のヤツらも、もっと頭を使えばいいのに。
　そう思いながら、他クラスの大将のハチマキを奪った。
　1戦目は、余裕を持って勝利。
「2戦目は新城を守るぞー!!」
「「うおー!!!!」」
　盛り上がってるところ悪いけど、別に守ってもらわなくても平気だ。
「いや……お前らBとCの大将潰してこい」
「え!?　いやいや、守りが大事だろ……！」
「俺らは逃げきれる。それよりとっとと向こうを潰したほ

うが有利だろ。俺はDを潰しに行くから」
 多分Dが1番弱いから、ここは俺たち一騎で突破する。
 俺が取られたら終わりだけど、大丈夫だ。
 力勝負になったら、勝つ自信しかないしな。
 2戦目開始のスタートが切られたとき、観客席から声が聞こえた。
「こうくーんっ……!」
 真由……?
 横目で確認すると、真由が手を振りながら俺を応援している様子が見えた。
 運動会とかどうでもいいけど……真由の前で負けるのは死んでも嫌だ。
 言った通りに、BとCへ攻撃に行ったクラスのヤツら。
 俺らも行くか……。
「Dの大将いるだろ？　左回りに行って。多分そっちのほうが守りが薄いから」
「りょーかい!」
 俺の言葉通り、左回りに走りだす下の3人。
 Dのヤツらはまさか大将が1人で乗り込んでくるとは思っていなかったらしく、反応が遅れた。
 つーかこの下3人、足はえーな。
 負ける気がしねーわ……。
「おい!　新城を止めろ!!」
「無理だって!　追いつかねーし!!」
「クソッ……!」

あっという間に大将まで手が届き、フェイクを使って左側からハチマキを奪った。
「……お疲れ」
　去り際にそう言えば、悔しそうに眉をひそめていた。
「おまっ……反則だろー‼」
　いや、1対全員で負けたんだから、お前たちが弱すぎるんだよ。
　そんな本音は漏らさずに、すぐさまクラスのサポートに向かった。
　そのあとも、なんとか奪われるのを避け、敵の攻撃を避けていく。
　最後まで一度もハチマキを奪われることなく、勝ち残ることができた。
　……余裕だったな。
　全クラスの大将を潰し、結果は圧勝だった。
「新城！　お前さすが！」
「1人で行くって言ったときは頭トチ狂ったかと思ったけど、最強だな、お前ー‼」
　無事に2戦目で終わることができ、クラスのヤツらがベタベタと集まってくる。
「汗くさいから近づくなって……」
「ひでー‼　こんなときくらい抱きつかせろよ‼」
「……マジでやめろ」
　「勝利のハグだー‼」と叫ぶクラスメイトから逃げきり、なんとか最悪の事態は防いだ。

汗だくの男たちとハグとか地獄絵図だろ……。
　まあ騎馬戦は体育会系のヤツらも気合いが入っていた分喜びもデカいらしく、背中を叩かれたり手を握られたりするのは許した。
　にしても、暑いな……。
　喉が乾いた……と思ったとき、前方から走ってくる真由の姿が見えた。
「こうくん、お疲れさまっ……！」
　満面の笑顔で俺に駆け寄ってきて、持っていたペットボトルを渡してくれる。
「サンキュ。今飲み物が欲しいって思ってたとこ」
「本当に？　よかった……！」
　ふにゃりと笑う真由に、さっきまでの疲労が吹っ飛んだ。
　……天使かよ。
「こうくん、すーっごくカッコよかった……！」
　……え。
「本当に？」
　普段あまり真由から言われないセリフに、柄にもなく戸惑ってしまう。
　他の女から言われてもなんとも思わないのに、真由からもらう「カッコいい」は格別だ。
「うんっ……！」
　めちゃくちゃ嬉しい。
　うわ……なに照れてんだ、俺。
「惚れ直した？」

照れ隠しに、冗談でそんなことを言った。
　本当に冗談のつもりだったのに、ハッとした様子で顔を赤らめ、俯いてしまった真由。
　……マジで？
　……騎馬戦最高かよ。
　今なら、喜びすぎて汗だくな男たちのハグも受け入れられる気がする。
「おーいそこのバカップル〜、お昼行くわよ〜！」
　こういういい雰囲気のときに邪魔が入るのは、もうお決まりだ。
「……ちっ、バカが呼んでるから行くか」
「バ、バカって……うんっ！」
　もう少し２人で話したかった……と思いながら、俺たちも休憩に入った。
　昼休みが終わり、運動会も後半へと差しかかる。
　３つ目のスウェーデンリレーを１位で終え、残すは総合リレーのみとなった。
　女子の部で真由も走るため、２人で入場門のほうへと向かう。
「こうくん、さっきのリレーもすごかったね……！　400mも走ったのに疲れてないの？」
「全然平気」
「私も頑張ろうっ……！　みんなも盛り上がっているもんね……！」
　まあ確かに、ここまで来たら勝って終わりたい。

イベントは嫌いだけど、真由の喜ぶ顔が見たいし。
「なかなか僅差(きんさ)みたいだな」
　クラス別の得点表を見ると、Aクラスはギリギリで1位にいた。
　まあ、最下位でも獲らない限り平気だろ。
「それじゃあ私、行ってくるね……！」
「ん、頑張れよ」
　女子の部が先に行われるため、真由は自分の立ち位置へと移動していった。
　真由がアンカーなら負けはないだろう……。
　そう思いながら、恋人の活躍(かつやく)を見守る。
　……って、おせーな。
　アンカーに渡るまでの走者が遅く、現在最下位を走行している。
　結構不利な状況で、バトンが真由に渡った。
　……相変わらず、はっや……。
　見惚(みと)れるくらい綺麗なフォームで、風を切るように走る真由。
　あっという間に前走者に追いつき、3位2位と順位を上げていく。
　——行け。
　1位を抜かし、最前位に出ようとしたときだった。
「……は？」
　真由は体勢を崩し、勢いよく転倒した。
　……あの女……！

１位のヤツだ。あいつが、足をかけたように見えた。
　　倒れたまま、動かない真由。
　　居ても立ってもいられず、俺はレーンの中へと入った。
「ちょっと待ちなさいよ!!　あいつわざと足をかけたわよ!! あたし見てたんだから!!」
　どうやら三橋にも見えたらしく、審判に抗議している。
「おおっとＡクラスリタイアか……!?　この時点で最下位が決定してしまいました……！」
　うるせーなクソ実況。今はそれどころじゃねーだろ。
　助けに行こうと駆け寄るが、痛みをこらえるようにゆっくりと立ち上がった真由。
　なんとかゴールまで歩く真由の姿に、俺は１人で拳を握りしめることしかできなかった。
「Ａクラスゴールです!!　アクシデントがありながら、頑張りました!!」
　……もう喋んなよ、クソ……。
「真由!!!!」
　ゴールテープを切った真由に、急いで駆け寄った。
　足からは血が流れていて、至る所に傷を負っている。
　痛々しいそれを見て、足をかけた女への怒りでどうにかなりそうだった。
「大丈夫か!?」
　立っているのも辛いらしく、その場にしゃがみ込んでしまった真由。
「こう、くん……」

「保健室に行こう」
「……っ、ご、ごめんなさいっ……」
　どうやら、最下位になってしまったことに申し訳なさを感じているらしく、目に涙を浮かべて俺の手を握ってくる。
「そんなこといいから」
「でも……私のせいで……っ」
「たかが運動会だろ。誰もそんなことで責めないって」
「でもっ……」
「いいから、もう黙って」
　ポロポロと涙を流す真由を抱きかかえた。
　ギャラリーたちが騒ぎだしたが、そんなこと今はどうでもいい。
「三橋!!」
　一刻も早く、保健室に連れていこう。
「相手の女の名前と顔を憶えておけ」
「命令されなくたって忘れないわよ!!」
　その直後、「ちょっとこっち来なさい、そこの女!!」という声が聞こえた。
　一旦そっちはお前に任せた。
　人波をかき分けながら、急いで保健室に向かう。
　俺の腕の中で、真由はずっと泣いていた。
「どうしようっ……私のせいで負けちゃったら……」
　保健医の手当を受け、真由を休ませるためソファに座らせた。
「真由、別に気負わなくていいって。真由のせいじゃない」

つーか、悪いのはあの女だろ。
　どこのクラスの女か知らないけど……絶対に許さねぇ。
「最後までよく走りきったな」
　涙を優しく拭って、できる限り優しくそう言った。
　なのに、真由の瞳から溢れる涙は勢いを増す一方で、どうしていいかわからなくなる。
　別に、高校の運動会で負けようが、責めるヤツなんていないだろう。
　でも、真由は絶対に自分を責めるんだろうな。
　……よし。
「……真由、俺らのクラスは負けねーよ」
　そう言って、真由の頭を撫でた。
「こうくん……」
「俺が１位を獲ってくるから、大丈夫」
　多分、男子の部で勝てばひっくり返せるはずだ。
「で、でも……」
　何か言いたげに、視線を逸らした真由。
　言いたいことはわかっていた。
　Aのアンカーは俺だが、CとDのアンカーが陸上部の３年らしい。
　３位になれたらいいほうだと担任にまで言われ、真由自身も内心女子の部で勝たねばと気負っていたんだと思う。
「俺が負けると思うか？」
　口角をつり上げて、不安げな瞳をじっと見つめる。
　すると真由は不安の色を消し、首を横に振った。

「ここで応援してて。死ぬ気で走ってくるから」
　まさか高校の運動会で、マジになるときが来るとは思わなかったけど……。
　絶対に負けられないな。
「うんっ……！」
「ん。ちゃんと休んでいろよ？」
　素直に頷いた真由に、笑顔を向けた。
「ありがとう、こうくんっ……」
　先にお礼を言われてしまったら、本当に負けるわけにはいかない。
「……そうだ」
「？」
「終わったら、ご褒美ちょうだい」
　モチベーションを上げるため、そんなわがままを言った。
「ご褒美？」
「うん」
「わ、わかったっ……」
「約束な」
　俄然やる気になった俺は、小さく深呼吸をして、靴ひもを固く締める。
「それじゃあ行ってくるから。ゆっくり休んどけよ」
　そう言い残して保健室を出た。
「はー……やるか」
　正直無謀っちゃ無謀だと思う。
　毎日頑張って練習している陸上部と帰宅部の俺じゃ、誰

がどう見たって不利だ。
　でも、俺には可愛い彼女とご褒美が待っているから。
　そろそろ男子の部が始まるなと思い、駆け足で運動場へと向かった。

ご褒美は＊side真由

『ここで応援してて。死ぬ気で走ってくるから』
　こうくんはそう言ったけれど……こんなところで、待てないよ。
「ありがとうございました……！」
「あら、もう戻るの？　もう少し休んでいったら？」
「いえ……もう充分です」
「そう。それじゃあ、彼氏さんの応援頑張ってね」
　保健の先生が、そう言ってウインクをした。
　さ、さっきの会話、聞かれてたっ……。
　恥ずかしくなって、私は頭を下げすぐに保健室を出る。
　まだ間に合うよね……！
　痛む足をなんとか動かして、運動場へ向かった。
「さー、男子最終レース！　これですべての勝敗が決まります！　ただ今１位はＣクラス！　ＡクラスとＤクラスが優勝するには、１位を獲らなければなりません!!」
　……Ａクラス……３位だ……。
　私のせいで下がってしまった順位を見て、罪悪感でいっぱいになった。
　さっきのリレーでの出来事を思い出す。
　自分の立ち位置で、バトンを待っていたときだった。
「ねぇあんた、一部の女子からなんて言われてるか知ってる？」

隣の走者の子に、話しかけられたのは。
「照史くんと煌貴くんをはべらかしてるんでしょ？」
　え？
　私が……？
　そんな噂がたっていたなんて知らなくて、身に覚えのない話に困惑する。
　はべらかしてるって……確かに、照史くんには失礼なことをしたと思ってるけど……。
「ちょっと可愛いからって、調子乗ってんじゃないわよ」
　捨てセリフのようにそう言って、先にバトンを受け取ったその人。
　怖い……。
　そう思ったけれど、今はそんなこと言ってられない。
　勝たなきゃ……！
　遅れてバトンを受け取り、全力で追いかける。
　よし、抜けるっ……！
　そう思ったとき、足に違和感が走った。
「ふっ」
　鼻で嘲笑うような声が聞こえた直後、自分が転倒したことに気づいた。
　じわじわと来る痛みと同時に、自分がみんなの頑張りを台なしにしてしまった申し訳なさでいっぱいになった。
　もし勝てなかったら……全部私のせいだ。
　でも……。
『俺が負けると思うか？』

こうくんの言葉を思い出し、手をぎゅうっと握りしめる。
　こうくんが負けるところなんて……想像できないよ。
　ちゃんとこの目で見て応援したくて、できるだけ前列へと移った。
「真由……！　足大丈夫？」
　夏海ちゃん？
　前方から声がして、手を伸ばす。
　夏海ちゃんは私の手を引いて、前の列へと入れてくれた。
「う、うん……平気。夏海ちゃん……ごめんね」
　心配をかけたことと……最下位になってしまったことの謝罪をした。
　夏海ちゃんも頑張って走ってくれたのに……。
「なに言ってんのよ、もともとビリだったんだし真由のせいじゃないわ。それに、あのクソ女……先生にチクってやったから安心して」
　夏海ちゃんは「ほんっと信じらんない。ぶん殴らないと気がすまない!!」と本気で怒ってくれていて、じわりと胸の奥が温かくなった。
　夏海ちゃんはいつも私を心配して、私に何かあったら過剰（か じょう）に反応してくれる。
　そんな親友を持った私は、幸せ者だなぁ……。
「ありがとう……」
　心からの気持ちを伝えると、夏海ちゃんは笑って、私の頭をわしゃわしゃ撫でた。
「真由、大丈夫だって。別に認めているわけじゃないけど、

あいつがちゃんと仇（かたき）とってくれるから」
　うんっ……こうくんなら、きっと勝ってくれる。
　笑顔でこくりと首を縦に振った。
「１位以外だったら、あたしがぶっ殺してやる」
「ふふっ」
　頑張って……こうくん。
「それでは参りましょう！　最終競技、男子学年混合リレー。用意……スタート!!」
　ピストルのパンッ！という音が鳴り、最初の走者が走りだした。
　Ａクラスは……ちょっと遅れている。
　こうくんは６番目のアンカーだから、それまでになんとか差を縮めてもらいたい。
　そう願っていたけれど、２、３番目の走者でさらに差が開き、５番目の照史くんに渡るまで、相当な差が開いた。
「いっけー、中崎!!!!」
　……照史くん、速いっ……！
　最下位でのスタートになった照史くんだったけれど、次々に相手を抜かしていく。
　Ａクラスの応援は盛り上がり、ついに照史くんがトップと並んだ。
　こうくん……！
　Ａ、Ｃ、Ｄ。３者同列でアンカーに渡った。
　走りだしたこうくんの姿を目で捉える。
「新城行けー!!!!」

「Aクラスファイトー!!!!」
　声援にも熱が入り、この場にいる全員の視線がこうくんたちに集まっていた。
　ほぼ同じ速度で走る3人。
　ゴールまで、あと50m程。
「こうくんっ……頑張ってーっ……!!」
　精一杯の力でそう叫んだ。
　そのとき、こうくんが一瞬だけ、私を見た気がした。
　あっ……!
　ゴールテープを目前にし、こうくんが一歩前に出る。
　……っ!
「「よっしゃあああ!!!!」」
　Aクラスの観客席から、歓喜の声があがる。
　隣にいる夏海ちゃんも、聞いたことのないような雄叫びをあげていた。
「こうくん……すごいっ……」
「やったわね、真由!」
　カッコよすぎるよ……こうくんっ……。
　視界が、涙でじわりと歪む。
　1位のゼッケンをもらったこうくんが、こっちに向かって走ってきた。
「真由……!」
　一直線に私のもとへと来てくれたこうくんは、疲れ果てたように息が切れていた。
「はぁ、はっ……ケガ、もう平気なのか?」

もっと他に言うことがあると思うのに、1番にそんなことを心配してくれる。
　……大好き。
「……っ、え？」
　好きという気持ちが溢れて我慢できなくて、目の前の身体に抱きついた。
「ま、ゆ……みんな見てる、けど……」
　わかってる、わかってるけど……今はこうせずにはいられなかった。
「こうくん……すっごくすっごくカッコよかったっ……」
　ぎゅうっと、抱きしめる腕に力を込めた。
　こうくんが、それに応えるようにそっと抱きしめ返してくれる。
「……当たり前だろ。約束したからな」
　その約束を、当たり前みたいに守ってくれるところがカッコいいんだよ……。
　こうくんは私が困ったとき、いつも助けてくれる……ヒーローみたい……。
「大好きっ……ありがとう……！」
　人目もはばからずに抱きついていたけれど、周囲から「ヒュー！」と冷やかすような声が次々に聞こえ、私は我に返った。

　閉会式が終わって、一旦教室に集まりHRが開かれた。
　今日はこれで解散になるらしい。

でも、宣言通り担任が焼肉を奢ってくれるらしく、放課後は打ち上げをすることになった。
「お前らよくやったな!!　今日は好きなだけ食えー!!!!」
「「「いぇえええい!!!!」」」
　打ち上げは大盛り上がりで、こうくんは担任からもクラスメイトからも大絶賛されていた。

「焼肉美味しかったねー！」
　打ち上げの帰り道。途中まで同じ道を通るので、私とこうくん、夏海ちゃんの３人で帰っていた。
「こうくん、今日のMVPだって！」
　本人はどうでもよさそうだったけれど、こうくんが褒められて、なんだか私まで嬉しかったな。
「まあ楽しかったかもな、なんだかんだ」
　こうくんのセリフに、私もうんっと返事をする。
　いろいろあったけれど、こうくんのおかげで優勝できてよかった……。
「はーあ。運動会とかだりぃ……ってぼやいてたのはどこのどいつよ。真由にあんなことされて、さぞご満悦なんでしょうね」
「運動会最高」
「……ほんっとどうしようもないわ、こいつ……」
　夏海ちゃんが、盛大なため息をついて頭を押さえている。
　私は自分がしたことを思い出して、顔が熱くなった。
　嬉しかったとはいえ……みんなの前であんな……恥ずか

しすぎる……。
「それじゃあまたね！　あたしこっちだから！」
「うん！　バイバイ！」
　夏海ちゃんと別れて、こうくんと２人で帰り道を歩く。
「楽しかったね……！」
「そうだな」
「こうくんのおかげだよ」
　今日が楽しい１日になったのも、勝てたのも……全部全部、こうくんのおかげ。
「真由だよ」
「え？」
「俺が頑張ったのは、真由がいたから。だから、全部真由のおかげ」
　笑顔でそう言われ、言葉を失った。
　こうくんは、優しすぎる。
　私は本当に何もしていなくて、むしろ足を引っ張ってばかりだったのに……。
　こうくんの言葉に救われた気がした。
「なぁ、ご褒美憶えてる？」
　あっ……そういえば、そんなこと……！
「う、うん！」
「忘れてただろ？」
　慌てて返事をすると、バレてしまったのかこうくんがくすりと笑った。
　それにしても、ご褒美ってなんだろう？

「こうくんは何が欲しいの……？」
　私があげられるものならいいけど……。
「……真由からのキス」
「……っ、へ？」
　予想もしていなかった回答が返ってきて、変な声が出た。
　キス……？
　……え、ええっ……!?
「はい。ちょうだい」
「ま、待って……さすがにここでは……」
　キス云々(うんぬん)というより、こんな場所で言われても……！
　道のど真ん中だよ……！
　首を横に振った私に不満そうな顔したあと、手を引いて人目の少ない場所に連れて来たこうくん。
「はい、ここならいい？」
「……っ」
　ほ、本当にするのっ……？
　目を瞑(つむ)るこうくんの姿に、下唇を噛みしめる。
　でも……約束した、もんね……。
　キ、キスくらい、お安い御用だよっ……。
　そう思いながらも唇にする度胸はなく、頬に軽く触れる。
「ダ、ダメ……かな？」
「ま、今回はそれで許してあげる」
　にっこりと意味深に微笑むこうくんは、ご機嫌な様子で私の手を取った。
「ほら、帰ろ」

……なんだかダメだなぁ、私……。
　ここまで頑張らせて頬にちょっとだけだなんて……。
「今日はゆっくり休めよ？」
　家に着いて、こうくんがポンッと頭を撫でてくれた。
　……。
「……真由？」
　黙り込んだ私を不思議に思ったのか、心配そうに顔を覗き込んでくる。
　……よしっ……！
「どうし……っ」
　うんっと背伸びをして、顔を近づけた。
　ちゅっというリップ音が響いて、すぐに顔を離す。
「お、おやすみっ……！」
　触れるだけのキスをして、私は逃げるように家の中に入った。
　よ、夜だし辺りは暗かったから、誰にも見られていないよね……？
　恥ずかしかったけど……こんなのでご褒美になるなら、いくらでもしてあげたい……。
　そう思うくらいに、私はこうくんを好きになっていた。
　本当にありがとう……こうくん。
　心の中でそう呟いて、幸せな気持ちになった。
「……反則だろ、それは……」
　そのあと、家の前でこうくんが顔を押さえながらしゃがみ込んでいたとかいなかったとか……。

04＊溺愛されています。

誕生日大作戦＊side真由

　夏休みが終わり、ようやく暑さがやわらいできた９月の下旬。
　私は、大きな悩みを抱えていた。
「どうしよう……」
　昼休み。夏海ちゃんと教室でお昼ご飯を食べながら、本日何度目かのため息をつく。
「別になんでもいいでしょ、プレゼントなんて」
　夏海ちゃんはお弁当の卵焼きをパクリと食べながら、他人事のようにそう言った。
「よくないよ……こうくん、私の誕生日は毎年すごくお祝いしてくれるもん……」
　今年の誕生日なんて、それはそれはすごかった。
　バイトで貯めたお金で、私が行きたがってた遊園地に連れて行ってくれて、その帰りにホテルのディナーに。
　しかも、私が欲しがっていた時計までプレゼントしてくれて、とっても素敵な誕生日になった。
　こうくんが私にしてくれたみたいに、私も盛大にお祝いしてあげたい。
　こうくんの思い出に残る、素敵な１日にしたいんだ。
　だからこそ、何をあげていいかわからなかった……。
　10月の２日。
　こうくんの誕生日が１週間後に迫った今日現在、私は未

だになんのプレゼントも用意できていなかった。
　というのも、こうくんの好きなものがまったくわからないからだ。
　食べ物の好き嫌いくらいならもちろんわかるんだけど、こうくんは特に趣味を持たない。
　それに、それとなく欲しいものを聞いても、「別にない」の一点張りだった。
　さすがに1週間前になっても悩んでいる私もどうかと思うけど……全然見当もつかず、途方に暮れていた。
　ちなみに、今日お昼ご飯を夏海ちゃんと食べているのは、こうくんがバスケ部に呼び出されているため。
　いつもは昼休みくらい静かなところにいたい、というこうくんが見つけた空き教室で食べているから、教室で食べるのは新鮮だった。
　練習試合の助っ人に入ってほしいとかで、しつこく頼まれているらしい。
「悪い。今日の昼休みはバスケ部のところに行くから、メシ食べてて」と言われ、珍しく教室で食べていた。
　今しかない……と思い、夏海ちゃんに相談に乗ってもらってたんだけど……。
「夏海ちゃんは、恋人の誕生日は何をあげているの……？」
「あたし？　今はフリーだし基本誕生日が近いヤツとは面倒だから付き合わないけど……まあ最悪かぶってたら、手料理作って終わりかな。金かけるの嫌だし」
　あっけらかんとそう言う夏海ちゃんに、苦笑いを返す。

な、夏海ちゃんはドライだもんね……。
一応、手料理は候補の中に入っている。
手作りの料理とプレゼントで、お祝いしようと考えているから。
うーん……ほんと、何が欲しいんだろう、こうくんは。
「こういうのは同性に聞いたほうがいいんじゃない？ おーい、中崎！」
大きな声で夏海ちゃんに呼ばれた中崎くんが、何事かと慌ててこちらに駆け寄ってきてくれた。
「どうしたの？」
「あのさーあ、中崎は彼女に何をもらったら嬉しい？」
夏海ちゃんの質問に、中崎くんは「え？」と驚いた表情をした。
突然何？ とでも言いたげな様子だったけれど、ちらりと私のほうを見て察してくれたらしい。
「ああ、なるほど。新城が誕生日なの？」
中崎くんの言葉に、私はコクコクと首を縦に振る。
「んー……なんでも嬉しいと思うけど……割と本当に」
少し悩んだあと、中崎くんの口からこぼれたのはそんなセリフだった。
「そういうのじゃなくて、もっと具体的によ！」
「うーん……でもなぁ……好きな子からもらったら、なんでも嬉しいでしょ？」
難しそうに困った顔をしながら、そう返す中崎くん。
んー……そういうものなのかなぁ……？

確かに、私もこうくんがくれるものは……なんでも嬉しいっ……。
　で、でも、今はそういうことじゃないもんね。
　誰か知らないかなぁ……こうくんの欲しいもの。
　そう思っていたとき、中崎くんの隣にいる男の子が急に声をあげた。
「あ、俺、知ってるかも。新城が欲しいもの」
「え！」
　ほ、本当にっ……？
　彼は、自分の席に走っていって、カバンの中から雑誌のようなものを取り出した。
「この前さ、休み時間に一緒に雑誌見てたんだけど……」
　私たちの前にそれを広げて、あるページの一点を指す。
「これ！」
「スマホケース……？」
　彼が指さしたのは、黒のシンプルなスマホケースだった。
「よくスマホ落とすから、ちゃんとしたのが欲しいなーとかぼやいてた」
　あっ……そういえば。
　最近、こうくんはスマホを新しく買い換えた。
　今はケースもつけずに、そのまま持ち歩いているみたいだけれど……そっか、スマホケースかぁ……！
「ありがとう！　それじゃあ、これにしようかな……！」
　とてもいい情報を教えてくれた彼に感謝だ。
　同じクラスなのに、名前を知らなくてごめんなさい……

と心の中で謝りながら感謝の笑顔を向けた。
　そうと決まれば買いに行こう……！
　どこのブランドなんだろう？ ともう一度雑誌を確認しようとすると、それをじっと見ていた夏海ちゃんが呟いた。
「結構いい値段するのね……」
　……え？
　少し怖くなって、恐る恐る値段の部分を確認する。
　う、うわぁっ……。
「に、２万っ……」
　高校生には痛い金額に、一瞬目を疑った。
　ブランドものって、そんなにするんだっ……。
「そんなに頑張らなくていいんじゃない？　ていうか、あのアホが１番喜ぶプレゼントなら知ってるけど」
「え！　な、何っ……？」
　突然のカミングアウトに、私はバッと夏海ちゃんを見た。
「真由」
「……へ？」
　私が、何……？
「だから、プレゼントはわ・た・し、って言えばいいのよ。大喜びするわ、あいつ」
　な、何それっ……！
　期待して損しちゃったよ……。
「よ、喜ばないよ、そんなのっ……」
　プレゼントでもなんでもないもん……。
「いや、ガチでよ」

なぜか真顔で言う夏海ちゃん。
「俺も同感」
　その上照史くんまでそんなことを言うものだから、慌てて首を振った。
　みんなで面白がって……。
「も、もう……冗談はやめようっ」
　真剣に考えているんだから、私……！
　まだ何か言いたげな夏海ちゃんと照史くんをよそに、私は雑誌のスマホケースをまじまじと見つめた。
「確かにこのスマホケース、こうくん好きそうだなぁ……」
　部屋といい私物といい、こうくんはほぼ黒か白で統一している。
　シンプルなものが好きらしく、アクセサリーや装飾の多いものが嫌いで、こうくんは最小限のものしか身につけたがらない。
　この黒一色で、下に控えめにブランドマークがついているスマホケース。
　きっと、買おうか悩んでいるんだろうなぁ……。
　……よし。
　これにしようっ……！
「お小遣いで足りるかな……」
　月に4千円をもらい、お年玉とお小遣いでやりくりしている私。
　払えない額ではないけど、当分ひもじい生活が待っているだろう。

こうくんのためだもん……平気っ。
「あ、それじゃあバイトとか興味ない？」
「バイト？」
「じつはさ、知り合いの人がイベントの設営スタッフを募集(ぼしゅう)していて。今週の土日なんだけど……」
　覚悟して購入決意を固めた私だったけれど、そこにまさかの救いの手が差し伸べられた。
「俺も参加するから、よかったらやらない？　人手が足りないらしくて」
　にっこりと微笑む照史くんに、速攻で頷く。
「是非お願いします……！」
「ありがとう。それじゃあ伝えておくよ。詳しい時間とか集合場所とかはメールするね」
　よ、よかった……！
　ケーキを作ったり部屋に装飾もしたかったから、できればお金に余裕を持っておきたい。
　照史くん……神様……。
　両手を合わせて拝むように見つめていたとき、背後から声がした。
「えー、バイト〜？　なぁにそれ？」
「あっ……松沢さん」
　お昼ご飯を食べて教室に戻ってきたらしい松沢さんは、私たちのほうに歩み寄ってくる。
「こうくんの誕生日プレゼントを買いたいから、照史くんにバイトを紹介してもらっていたの」

私が説明すると、松沢さんはキラリと目を輝かせた。
「えー、何それぇ！　愛音も行きたーい！　ダメ？」
　あっ……そっか。確か松沢さんは照史くんが好きなんだった……！
　照史くんに上目遣いで可愛くお願いしている松沢さんの姿に、そのことを思い出す。
　照史くんは面倒くさそうに口を開いた。
「ダメだよ、遊びじゃないんだから」
　いつもの優しい照史くんからは想像できない低い声。
　ど、どうしてそんなに不機嫌なんだろう……？
　そんなに怖い顔したら、さすがの松沢さんも怖がっちゃうよっ……。
「えーん、照史くん酷い！」
　案の定、泣きながら……というよりは泣き真似をして、走っていく松沢さん。
「バカー！」と言い残し、教室を出ていった。
　な、なんだか、嵐みたいだった……。
「……ほんとにしんどい、あの子」
　深いため息をついて、やれやれとでも言いたそうな顔の照史くん。
　苦手……なのかな？
　でも、松沢さんは照史くんが好きなわけで……。
　いろいろあったけど悪い人でもないし、自分の感情に素直に生きているようなところには好感を持っていた。
「い、いい人だよ……？」

フォローできればと思いそう言うと、照史くんが珍しいものを見るような目で私を見てくる。
「本気で言ってる？　本当にお人好しだね、真由ちゃん」
　お人好し？……そういえば、こうくんからもそんなことを言われたような……。
「まあ、そういうところが好きなんだけど」
　ん？
　さらりと照史くんが何か言った気がしたけど、小さな声だったので聞き取れなかった。
「ちょっと中崎、あんたまだ諦めてなかったのー？」
「諦めるなんてひと言も言ってないでしょ、俺」
「……？」
「本人はわかってなさそうよ」
「うん、知ってる」
　なんのこと……？
　不思議に思ったけれど、照史くんが「なんでもないよ」と言うので、それ以上は聞かなかった。
　それにしても……。
「本当にありがとう、みんな……！　これでこうくんの誕生日をお祝いできるっ」
　相談に乗ってくれたみんなに、にっこりと微笑む。
　買うものも決まったし、バイトも紹介してもらったし、あとはきっちり準備するだけだ……！
「えへへ……喜んでもらえるといいなぁ……」
　こうくんの姿を想像して、笑みがこぼれた。

よし、頑張るぞー！
　そう1人で意気込んでいる私の周りで……。
(((新城、クソうらやましい……)))
　みんながそんなことを思っているなんて、もちろん知る由もなかった。

　その日の帰り道。
　いつものように、こうくんと手を繋いで帰る。
　1日の中でも、大好きな時間だ。
　加えて、2ヶ月くらいずーっと悩んでいたことが解消し、いつもよりご機嫌だった私。
「真由、どうした？」
「え？」
「なんか機嫌よくない？」
　どうやら顔に出ていたようで、慌てて否定する。
「そ、そうかな？　いつも通りだよ……！」
　まずい……こうくんには、秘密なのにっ……！
　誕生日は完全にサプライズでお祝いしたいから、バイトのこともプレゼントのことも全部内緒だ。
　バレないようにしなきゃ……！
「そういえば真由、今週の土日空いてる？」
　そう思ったのもつかの間、さっそくギクリとするような質問が飛んでくる。
「えっ……こ、今週？」
「そう。どっか行こうかなと思って」

え……それって、デート……？
すっごく行きたい……でも……ダメだ。
こうくんの誕生日をお祝いするために、その日はバイトしなきゃ。
「……ご、ごめんね……。土日は夏海ちゃんと遊ぶ約束しているの……」
秘密を隠すために、心苦しくも嘘をついた。
誕生日が終わったあと、ちゃんと謝ろう……！
「あ、そっか。あいつに負けたのはなんか悔しいけど、先に約束していたなら仕方ないな」
「ごめんね……」
「謝らなくていいって。また別の日にどっか行こ」
「うんっ……！」
笑顔で許してくれるこうくんに、私も同じものを返す。
まさかこのときついた嘘が、あんなすれ違いを生むなんて……浮かれていた私は、思ってもみなかったんだ。

初めてのアルバイト＊side真由

「真由ちゃん！　こっちだよ！」
　照史くんの声が聞こえ、振り返る。
　あっ……！
「おはよう２人ともっ！」
　振り返った先に照史くんと夏海ちゃんの姿を確認し、駆け寄った。
　今日は２日間のバイト初日。
　急遽参加することになった夏海ちゃんと、そして照史くんとの３人で待ち合わせをし、一緒にバイト先へ向かうことになった。
　仕事内容は、都内で開かれるスイーツフェスのイベント設営。
「私、アルバイト初めて……！」
「そうなんだ。俺設営とかよく行くから、わからないことがあったら言ってね」
「ありがとうっ！」
　わからないことだらけで不安もあるけど、２人がいてくれるからとても心強い。
　バイトの集合場所へ行くと、50人くらいの人が集まっていた。
　高校生から大学生が中心らしい。
　今の時刻は朝の10時ぴったり。

今日は、夜の18時解散になっている。
　　ちなみに明日は10時から14時なので、今日を乗り切れば明日は楽だと言っていた。
　　よーし、頑張るぞ……！
　　スタッフさんの指示に従い、設営を行っていく。
　　私は黙々と作業に取り組んだ。

「はぁ……疲れたっ……」
　　休憩時間になり、ベンチに座ってほっとひと息つく。
　　設営って、大変なんだなぁ……。
　　荷物は重たいし、設置もわからないことだらけで、もうすでにヘトヘトだ……。
「お疲れだね、真由ちゃん」
　　頬に走った冷たい感触。
　　慌てて振り返ると、そこには私の頬にペットボトルを当てて、微笑む照史くんの姿があった。
「はい、水どーぞ」
　　渡されたペットボトルを、「ありがとう」と言って受け取る。
　　照史くんは私の隣に座って、自分の分のお水を飲んだ。
「初めてのバイトはどう？　大変？」
「うん……忙しいね」
　　そう言ったあと、照史くんがそこまで疲れていなそうなことに気づく。
「こういうのは適度に手を抜くんだよ」

「え?」
　手を抜く?　どうして……?
「ずっと全力じゃ疲れちゃうでしょ?　みんなそうしているよ。適度に働けばいいんだ」
　そ、そうなんだ……。
　照史くんはいろんなバイトをしているらしいから、そういうコツがわかるのかもしれない。
　確かに他のバイトの人は、楽しそうに話していたりスタッフさんの目の届かないところでサボったりしていた。
　それが普通なのかな……けど、私は別に大丈夫。
「でも……こうくんの誕生日プレゼントは、全力で頑張ったお金で買いたいから……!」
　誰かに褒めてもらいたいとかじゃなくて、ただ今日と明日はこうくんのために頑張りたい。
　こうくんのことを思えば、辛い作業もへっちゃらだ。
「後半も頑張るっ!」
　ガッツポーズをして、にこっと微笑んだ。
　そんな私を、驚いた表情で見つめてくる照史くん。
「いいなぁ、新城は」
　……え?
「何か言った?」
　小さい声だったから聞き取れなくて、そう聞き返す。
「ううん、なんでもないよ。戻ろっか」
　なんでもないならいっか……と、私はこくりと頷いた。

「今日は1日お疲れさまでした。それじゃあ明日もよろしくお願いします」
　18時になって、土曜日の分の作業が終わった。
　はぁ〜疲れたっ……。
「2人ともお疲れさま」
「お疲れ、三橋……なんか全然疲れてないね」
「まああたしは、給料分の働きしかしなかったからね」
　帰る支度をしながら、夏海ちゃんと照史くんが話をしている。
　カバンを持って、3人でスタッフルームを出た。
「2人って仲いいのに、性格は真逆じゃない？」
　帰り道を歩きながら、そんなことを言った照史くん。
　私と夏海ちゃんのことかな？
　真逆……うーん、似てはいないかもしれないけど……。
「当たり前じゃない。女は同族嫌悪な生き物よ」
　さらりとそう言った夏海ちゃんに、首を傾げる。
　女は同族嫌悪？　どういう意味だろう。
　どうやらわかっていないのは私だけのようで、2人は私を残して会話を進めていく。
「へー、でも三橋って自分より可愛い子とか嫌いそうなイメージがあるな」
「あながち間違っちゃいないわよ。あたしはあたしだけがチヤホヤされる世界になればいいって思って生きてきたからね。女友達も真由しかいないし、他にいらないわ」
「うわー、女王様だ」

「真由は特別なのよ。あたしが見つけた最高の親友」
　さっきから言ってる意味がわからないけど、その言葉にジーンときた。
「な、夏海ちゃん……」
　そこまで思ってくれていたなんて、知らなかった……。
「そんなの、私のセリフだよっ……」
　夏海ちゃんは、私にとって大切な大切な親友。
　嬉しくて、頬がだらしなく緩む。
　私を見た夏海ちゃんも、綺麗な唇の口角を上げた。
「ふふっ、あたしたちの絆は固いわよ？」
　照史くんを見ながら、ドヤ顔をする夏海ちゃん。
「女の友情もいいもんだね」
　なんだか優越感が湧いてきて、「えへへ」と鼻を高くした。
　夏海ちゃんと照史くんに助けられながら、バイト初日は無事に幕を下ろした。

【side夏海】

　中崎の紹介で、３人でやることになった単発のバイト。
　日曜の今日は早めに終わるし、２日目だからやることがわかっていて楽。
　真由は生真面目に頑張っているみたいだけど、あたしと中崎は適度にサボりながら効率よくやっていた。
　うわー、この荷物重いわ……。
「んー、持てないなぁ……」

困ったように眉の端を下げ、近くにいた男のスタッフを見つめた。
「お、俺が持ちますよ……！」
「ほんと？　すっごく助かる……！」
「こ、このくらいどうってことないんで……」
「軽々持てるなんてすごいですね！　カッコいいなぁ……」
　思ってもいない言葉を並べながら、力仕事を周りの男に押しつけていった。
　はー、楽だわー。
　でもちょっと疲れたから、個人休憩を取ろうかしらね。
　そう思って、スタッフの目につかない場所に移動して水を飲んだ。
「こんなところでサボり？」
　背後から声が聞こえて、ゆっくりと振り返った。
「あら、中崎も？」
　善人ズラしてるけど、中崎は案外計算高いようだ。
　まあ要するに、あたしと同じタイプの人間。
　「まあね」と返事をしながら、私の隣に座った中崎。
　あたしたちの間に、沈黙が流れる。
　それを破るように、中崎が口を開いた。
「ねぇ、どうしてバイトに来てくれたの？」
　……うわ、やっぱりそれを聞いてくるのね。
　中崎の質問に、心の中でため息をついた。
「金欠なのよ。そんなところにちょーどいい話があったから乗っただけ」

それっぽい理由を吐けば、中崎は笑顔を崩さずにあたしのほうを見る。
「それも女の友情ってやつ？」
　……こいつ、やっぱり苦手だわ。
「さあどうかしら」
「なんだかんだ仲いいよね、新城と」
「あいつのことは嫌いよ。でも……真由には笑っていてほしいのよ、あたし」
　そう、別に新城のためなんかじゃない。
　今回のバイトをすることに決めたのは、ただただ真由のためだけだから。
「こう見えてあたし、中崎のこと信用していないのよね」
　真由と中崎を２人にさせるなんて、危なすぎてほっとけないわ。
　こいつ……真由のことを諦める様子が、まったく見えないんだもの。
　２人でバイトなんか行かせて、新城との仲が変にこじれたら、傷つくのは真由でしょ？
　あのストーカーは鬱陶しいけど……あたしは真由の親友だから、２人の関係に溝ができるようなことは絶対にさせたくない。
「うわー、酷い。傷つくなー」
　言葉と表情がまったく合っていない中崎は、笑顔でそう言ってるけど目が笑ってない。
「だってあんた、隙あらば近づこうっていう魂胆(こんたん)が見え見

えなんだもの」
「うん、正解」
　今度はもう否定するのもやめたのか、開き直るように潔い答えが返ってきた。
　はぁ……想像以上にしつこそうね、こいつ。
「真由はもうあいつのだから、諦めて転校生にしなさいよ」
　最近やたらと絡んでくるし、あんたに気があるんじゃないの？
　そう付け足すと、あからさまに嫌そうな顔をした中崎。
「バカ言わないでよ。あいつは顔のいい男なら誰でもいいんでしょ。それに俺、うるさい女の子は苦手だから」
「あら、自分がいい顔してるってわかってるの？」
「まあね。そこそこモテてきたし」
　……でしょうね。
　実際、新城の次にモテていると思う。
　愛想がいいし、運動も勉強もできるからなおさら。
　あたしたちの高校では、『新城は観賞用。狙うなら中崎』というのが常識。
　実際アタックするより前に、声をかけることさえ難しいと言われている新城より、中崎のほうがモテているように見える。
　中崎は優しくてカッコいいと、女子からも評判がいい。
　まあ、実際は腹黒男みたいだけど……。
「真由ちゃんみたいな可愛くて性格いい子って、天然記念物じゃん。せっかく見つけたのに、諦めるなんてバカなこ

としたくないんだよね」
　言っていることはまったく間違っていなくて、返す言葉がない。
「まあそこは否定できないわね」
「それでも俺のこと止める?」
　余裕のある笑みを浮かべる中崎に、ため息をついた。
「別に好きになるのは人の自由でしょ。中崎を止めようなんて思ってないわ。ただ……」
　さっきも言ったけど、あたしは真由の親友なのよ。
「……新城がいないときは、あたしが真由を守るから」
　昔から、女友達なんて必要ないと思って生きてきた。
　実際男といるほうが楽だったし、女同士の妬み嫉み悪口にはもう耐えられなかったから。
　でも……真由と出会って変わった。
　誰の悪口も言わない、絶対に人を見下したりしない。
　むしろすぐに人のいいところを見つけて、誰のことも好きになれる聖母みたいな女の子。
　この子なら信じられるって、すぐに思った。
　あたしにとって唯一の、大事な大事な女友達。
「カッコいいね。彼氏みたい」
　あたしの言葉に、相変わらず胡散くさい笑みを浮かべている中崎。
　あー、早くバイト終わってくれないかしら。
　今は仕方ないけど……明日からちゃんと自分で守りなさいよ、新城。

そう心の中で呟いて、あたしも負けず劣らず作り笑いを浮かべてみせる。
「まあね。男に生まれてたら間違いなく嫁にもらってるわ」
「そんなこと言われたら、ますます諦めつかない」
「あら？　余計なこと言ったかしら？」
　ほんと、めんどくさい男。
　はぁ……。
　無自覚すぎる親友を持つのも大変ね。

【side夏海】-END-

「お、終わったぁー……」
　バイトの終礼が終わり、伸びをしながら息を吐いた。
　長いようであっという間だった２日間のバイトは終了し、スタッフさんからお給料を受け取る。
　わっ……初任給だ……！
　ちょっぴり感動して、これをこうくんの誕生日に使えることを嬉しく思った。
　あ、でもせっかくの初任給だから、お母さんとお父さんにケーキでも買って帰ろう……！
　そんなことを思いながら、帰りの支度をすませる。
「真由、行くわよー」
「はーい！」
　支度をすませ、夏海ちゃんと更衣室を出る。
「お疲れさま、２人とも」

更衣室を出て少し歩いた場所に、照史くんが待ってくれていた。
「照史くんもお疲れさまっ」
「このあとはどうするの？　もう帰る？」
　そう問われて、私は慌てて口を開いた。
「あっ……駅の近くにね、こうくんが欲しがっていたスマホケースのブランドショップがあるから、このまま買いに行こうと思って……！」
　まだ14時過ぎだから、今から行っても充分間に合うはずだ。
　こうくんの誕生日は明後日だから、早く用意しなきゃいけない。
「へー、駅の近くにあるのね」
　夏海ちゃんの言葉に、苦笑いを返す。
「うん……場所はわからないんだけど、探してみる！」
　じつは、あまり行ったことのない場所で、地図を見てもイマイチわからなかった。
　辿り着けるか不安だけど……時間は充分にあるし、探すつもりでいる。
「真由、方向音痴なのに平気？」
「だ、大丈夫だよ……多分！」
　方向音痴なことは否定できなかったけど、こくりと頷いてみせた。
　そんな中、中崎くんが口を開く。
「あ、俺知ってるよ。案内しようか？」

……え！
「ほ、本当に……！」
「俺もこのあと予定ないし、一緒に行こうよ」
　まさかの救いの手が差し伸べられ、藁にもすがる思いで頷いた。
　よ、よかった……知ってる人がいることほど心強いことはない。
「よし決まり。それじゃあ早速行こっか」
「うんっ……！」
「はぁ……あたしも行こうかしらね」
「え？　い、いいの、夏海ちゃん……？」
　夏海ちゃんまでついてきてくれるのかと、首を傾げて見つめた。
　歩きだそうとしていた中崎くんがピタリと足を止め、笑顔で夏海ちゃんを見る。
「用事があるなら無理に来なくても平気だよ？　三橋」
　なんだかその言い方に棘があるように感じたのは、気のせいだろうか……？
「気を遣ってくれてありがとう。でも暇だしちょうどいいわよ」
「そう。残念」
　ん？　残念？
　よく意味がわからないまま２人の会話は完結したらしく、ひとまずお礼を口にする。
「あ、ありがとっ……！　ほんとは１人で不安だったか

ら、すごく助かる……！」
　営業時間中に辿り着けるだろうかとも思っていたから、なおさら気が楽になった。

　照史くんに案内してもらい、目当てのショップへ向かう。
　店内に入ると、探していたスマホケースが見つかりほっとひと安心。
　無事購入したあと、せっかくだから何か食べようということになり、カフェに入って１時間くらいお茶をした。
　用事も終わり、そろそろ帰ろうと席を立った私たち。
「２人とも、この２日間本当にありがとう……！」
　こうくんの誕生日プレゼントを手に、２人に頭を下げる。
　一時はどうなることかと思ったけど、２人の協力のおかげで、無事誕生日サプライズができそう。
　本当に、感謝してもしきれない。
「どういたしまして」
「そんなに改まらなくていいわよ。あたしもお金稼げたし」
　はぁ……２人とも、本当に優しいなぁ……。
　私は幸せ者だ。
「どうしたの？」
　私の行動に、夏海ちゃんが首を傾げた。
　それもそのはず。突然手を握られた２人は、きょとんとしながら私を見ている。
「わからないけど、ぎゅってしたくなったの」
　２人の手を握りながら、思わず頬を緩めた。

「……萌え」
「え？」
　夏海ちゃん、今なんて言った……？
「なんでもないわよ」
　コホンと咳払いをした夏海ちゃんを不思議に思いつつも、それ以上追求はせず手を離す。
「それじゃあ、帰りましょっか」
　その言葉に、「うんっ」と頷いた。
　寂しいけど、明日学校で会えるもんねっ……！
「あ、俺と真由ちゃんは同じ方向だね。それじゃあ一緒に帰ろっか」
　どうやら照史くんは私と同じ方向らしく、首を縦に振って返事をする。
「バイバイ、夏海ちゃん……！」
「うん、バイバイ。中崎……ちゃんと送り届けてあげてよね？　送り届けるだけでいいから」
「もちろん。安心してよ」
　もしかして夏海ちゃん、私が方向音痴だからそんなこと言ってる……？
　さ、さすがの私も、自分の家はわかるよっ……！
　夏海ちゃんと照史くんが火花を散らし合っていることも知らず、１人そんなことを思っていた。

「初めてのバイトどうだった？」
　２人になって、歩きながら何げない会話をする。

「大変だったけど、２人がいてくれたから楽しかった！ それに、いい経験になったなぁ……」
「そっか。それはよかった」
「照史くんもまだこっちの方向？」
「うん、そうだよ」
「私たち、家が近いのかもしれないね……！ 私の家はもうすぐそこだよ！」
「そうなんだ。じゃあここでお別れだね」
　どうやら照史くんは、私よりもまだ先のほうに住んでいるらしい。
　家に着き、玄関の前で照史くんに手を振る。
「また明日、照史くん！」
「うん、またね」
　笑顔で手を振り、別れようとしたときだった。
　──ガチャリ。
「……え？」
　隣の家……すなわち、こうくんの家の扉が開いたのは。
　玄関から出てきたのは──こうくんだった。
「……何やってんの？」
　私と照史くんを見ながら、目を見開き驚きを隠せない様子のこうくん。
　し、しまった……っ。
　こうくんには、土日は夏海ちゃんと遊ぶって言ってあったんだ……！
　それなのに、照史くんといるところを見られたら……変

な誤解されちゃうかも……！
　この状況をどう説明しようかと、頭をフル回転させる。
「え？　あ……あの、照史くんは……」
「なんでここにこいつがいんの？　今日は三橋と遊ぶんじゃなかったっけ？」
　言い訳をする前にそう遮られて、言葉を失った。
　こうくん……怒ってる……って、当たり前だよね……。
　どう、しよう……っ。
「3人で遊んでたんだよ。俺のほうが家が近かったから、送ったんだ」
　考えている間に、フォローしようとしてくれたのか、照史くんがそう言った。
　その言葉を聞いたこうくんは、ますます顔を険しくしていく。
「こうくん、あの……」
「意味わかんねぇ」
「ま、待って……！」
　何か言わなきゃ……と思ったけれど、こうくんはすぐに家に入っていってしまった。
　ま、まずい……！
「照史くんごめんね！　送ってくれてありがとう……！」
　とにかく誤解を解かなきゃと思い、すぐにこうくんの家に向かおうとする。
「なんかごめんね、俺のせいで……」
「ううん！　照史くんのせいじゃないから……！」

もとはといえば、嘘をついた私がいけないんだっ。
照史くんに手を振って、こうくんの家へと入った。
リビングにいたこうくんママに勝手に家にあがってごめんなさいと謝罪し、こうくんの部屋へと向かう。
「お、おじゃまします……!」
一応ノックをして、部屋の扉を開く。
その先に、ベッドに横になりスマホをいじるこうくんの姿があった。
「こうくん! あのっ……」
「何?」
冷たい声が返ってきて、胸がズキリと痛んだ。
いつもの優しいこうくんは、今はいない。
「お、怒ってる……?」
恐る恐るそう聞けば、こうくんは無表情のまま、私を見ずに口を開いた。
「怒ってるっていうか、呆れてる」
「……っ」
「あいつもいるならそう言えばよかったのに、なんでわざわざ嘘ついたわけ? 嘘つく意味がわかんねーんだけど」
こうくんの言っていることがもっともすぎて、何も言い返せなかった。
本当にその通りだ。
どうして、もっと説得力のあることを言えなかったんだろう。
鉢合ってしまったのだって、私がそうなることを考えて

いなかったから悪いのであって……。
　今は何もなかったとしても、告白されたことがある人と２人でいたら……嫌な気分になって当然だよね……。
　なんて言い訳すればいいかわからなくて、下唇をぎゅっと噛んだ。
「何も言えないってことは、あいつとやましいことがあったってこと？」
「違っ……」
　違うの、こうくん。
　今日はね、ほんとはバイトをしていて……ただ、こうくんのお誕生日を祝いたかっただけで……照史くんとは何もなくて……。
　そう言えたらこの誤解はすぐ解けるのに、どうしても言いたくなかった。
　だって、言ったらサプライズじゃなくなっちゃう。
　私は全力でこうくんの誕生日を祝いたくて頑張っていたのに……こんなところで言っちゃったら、全部台なしになっちゃう。
　何も言えないまま俯いた私を見て、こうくんはさらに低い声を出した。
「悪いけど帰って。今真由と話したくない」
　……っ。
　こうくんにそんなことを言われたのは、初めてだった。
　どんなに私が迷惑をかけても、ドジをしても、一度だって怒ったことはない。

そんなこうくんが、ここまで怒りを見せるなんて……。
「ごめん、なさい……」
　もうそれしか言えなくて、私はこうくんの部屋を出た。
　こうくんママに挨拶をして、自分の家へと帰る。
　自分の部屋に入った瞬間、瞳から涙がポロポロと溢れた。
　何やってるんだろう、私……。
　全部全部、台なしだ……。
　せっかく夏海ちゃんも照史くんも、あんなに手伝ってくれたのに……。
　こうくんのこと、怒らせちゃった……っ。
「ふ……うっ……」
　扉にもたれるように、その場にしゃがみ込んだ。
　許してもらえなかったらどうしよう。
　このまま……嫌われちゃったらどうしよう。
　そんなことを考えていたら、怖くて怖くてたまらなくなって……。
　１人きりの部屋で、泣くことしかできなかった。

罪悪感＊side煌貴

　気を抜けばすぐに溢れそうになるため息を呑み込んで、家を出た。
　あー……ひと言声をかけていくべきか。
　いや……今は会いたくないな。
　そう思って真由の家の前を素通りする。
　今朝、真由は俺を起こしに来なかった。
　昨日のことを怒っているのかと思ったが、どうやら風邪をひいて熱を出したらしい。
　「今日は真由ちゃんお休みだって」と心配そうな表情をした母親から言われて、正直少しほっとした。
　熱を出したというのは心配だけど……。
　合わせる顔がない……というか、今会ったところで話すこともない。
　真由は俺に、嘘をついたから。
　昨日コンビニに行こうと家を出たとき、たまたま居合わせてしまった。
　中崎と一緒にいた真由と。
　あからさまに動揺していた真由の姿と、遊んでいたという中崎のセリフ。
　真由は三橋と２人で遊ぶと言っていたはずなのに。
　嘘をつくってことは……やましいことがあったってことだろ。

信じていた分、裏切られた気持ちがデカかった。
　真由は嘘なんてつかないって、真由だけは……いつも正直で、そういうところが何よりも好きだったから。
　今はどんな言い訳をされても、真由を信じられそうになかった。
　教室について、まっすぐに自分の席へと向かう。
「……今日は真由休みだってね」
　先に来てすでに席に座っていた三橋が、後ろから声をかけてくる。
「知らね」
「……? あんたなに怒ってんの?」
「怒ってねーよ」
　今は誰とも話したくないだけだ。
　そう思ったとき、ふと思い出した。
　昨日は、真由と中崎とこいつで遊んでたんだよな?
　でも、なんで真由は中崎がいるのを隠したんだ?
　気になって、三橋のほうを振り返る。
「……何よ」
「なぁ、昨日真由と2人で遊んでたんだよな?」
「え?」
　きょとんと間抜けな顔をしたあと、平静を装うように頷いた三橋。
「うん、そうよ」
　その反応で、すぐに理解した。
　多分こいつも、何か隠してる。

グルってことか……。
「……あっそ」
　あー……イライラする。
「何？　真由となんかあったの？」
「別に」
　返事をするのも億劫で、短い言葉だけを返す。
　そうか、こいつは中崎のこと気に入ってるっぽいからな。
　中崎側ってことかよ……どいもこいつも嘘ばっかつきやがって。
　なんかあるならはっきり言えよ。
　隠すってことは……やましいことがあるとしか、思えねーだろ。
「もしかして真由が欠席だから不機嫌なわけ？　あんたどうしようもないわね」
　何を勘違いしてるのか、今度こそ返事をするのも面倒でシカトした。
　もしかして……真由は中崎のこと……。
　いや、それは、ないよな……。
　もしそうだとしたら、どうすればいいんだよ。
　俺は好きな女を手放してやれるほど大人じゃねーし、そんなことは死んでもしない。
　やっと想いが通じて、恋人らしくなってきたと思っていたのに……。
　そう思っていたのは、俺だけだったのか……。
　マイナスな方向にしか考えられなくて、１日中ずっと、

最悪な展開ばかりを考えていた。
「別れよう」
　もしそんなことを言われたら……。
　そう考えるだけで、恐ろしくてたまらなかった。

　次の日も、真由は起こしに来なかった。
「煌貴、起きなさーーい!!」
　下から母親の怒鳴り声にも似た声がして、重い身体を起こす。
　昨日まであった怒りや不信感は、１日経って不安に変わっていた。
　このまま俺が変な意地を張って真由を無視したら……本当に、中崎に盗られてしまうんじゃないか。
　そんなことばかり考えて、夕べはまともに眠れなかった。
　リビングに行くと、母親が朝メシを作っている。
「やーっと起きたの。今日も真由ちゃん休むんだって」
「……そ」
「ていうかあんた、今日誕生日でしょ？」
　……え？
　……あ……今日って10月２日か。
　完全に忘れてた……。
「おめでと。あんたが17歳かー、大きくなったわねー！」
「……ん」
「何よ、誕生日なのに辛気くさい顔して」
　別に、この年になって誕生日とか……どうでもいい。

それより今日も真由と会えないのか……。
少しの期待を抱いて、スマホを開いた。
SNSに誕生日を祝うメッセージが来ていて、その中に真由の名前を探す。
真由からは来ていなくて、その事実に肩を落とした。
……当たり前、か。
俺、出ていけとか言っちゃったし。
もしかしたら……呆れているかもな……。
俺の部屋を出る前に見えた、真由の表情を思い出す。
今にも泣きそうな、ひどく傷ついた顔だった。
そのときは、傷ついてんのはこっちだとかガキみたいなこと思っていたけど……冷静になって考えれば、話くらい聞いてやればよかった。
言い訳くらい……聞いてやればよかった……。
俺にじゃなくて母親に欠席を伝える辺り、もしかしたら真由も怒っているのかもしれない。
あー……今日は最悪の誕生日だ。
SNSの画面に並ぶ『おめでとう』の文字に、今の俺は素直に感謝の気持ちを返すことはできなかった。
昨日と同様、1人で学校に向かう。
ひどく虚しい時間に感じて、どうしようもなかった。
「よっ！ ストーカー！」
教室に入るなり、背後から背中を叩かれた。
いってーな……。
「叩くんじゃねーよ」

「何しけたツラしてんのよ。誕生日でしょ？」
「……どうでもいい」
　三橋にそれだけ返して、自分の席につく。
　本当に、もうなんかいろんなことがどうでもいい。
　今はただ……真由の気持ちが知りたい。
　どうしてあんな嘘をついたのか、中崎のことをどう思っているのか、俺のことをまだ好きでいてくれているのか。
　女々しいと言われても仕方がないほど、今の俺はいろんなことへの自信を喪失していた。
「ちょっとあんた、目が死んでるわよ？」
　……うるせーな……。
　放っておいてくれと思う俺の気持ちも知らず、後ろの席から話しかけてくる三橋。
「ま、誕生日なのに真由がいないんじゃ仕方ないわねー。昨日お見舞い行ったの？」
　なに言ってんだこいつ。
「……行ってねーよ」
「は？　なんで？」
　なんでって……お前は全部知ってんだろーが。
「とぼけてんじゃねーよ」
「は？　何が？」
「……もういい、話しかけんな」
「ちょっと、どういう意味よ」
　食い気味で大きな声を出す三橋に、もうこれ以上言うことはないと顔を背けた。

そのとき、別の声が近づいてきたのがわかった。
「おはよう、三橋」
　今１番会いたくないヤツの声。
「あ、中崎。おはよ」
　ああ、鬱陶しい。
　顔を見たら今すぐに殴りかかってしまいそうなほど、そいつへの怒りがふつふつと湧き上がる。
　暴力にモノを言わせるヤツは１番嫌いな人種だから、そんな真似はしないが、今すぐ消えろと思うくらいにはそいつを疎ましく思っていた。
　それなのに、俺の心情を知ってか知らずか、近づいてきて目の前に立つその男。
「新城、今日誕生日なんでしょ？　おめでと」
　にっこりと胡散くさい笑みを浮かべる中崎に、本気で手を出しそうになった。
　つーかこいつ、こんなヤツだったか……？
　前はもっとオドオドしていたくせに……こっちが本性なのかよ。
「真由ちゃんからは祝ってもらえた？」
　満面の笑みを浮かべているのを見せるあたり、相当性格がねじ曲がっているらしい。
「あれ？　もしかしてケンカでもしたの？」
　無言の俺に何を察したのか、それとももともと気づいていたのか……わからないが、明るい口調でそう言った。
「え？　あんたたちケンカしてたの？」

三橋まで話に入ってくる始末で、うざいことこの上ない。
　もとはといえばお前らのせいだと、責任を押しつけたくなった。
「話してないだけだ」
「は？　なんで？」
「真由が俺に嘘ついて中崎と遊んでた。……お前も知ってるだろ？」
　ここまで言えば、こいつらももうとぼけられないだろう。
「……は？」
　そう思ったが、三橋から返ってきた反応は想像とは違うものだった。
「もしかして、日曜日……？」
　眉間にシワを寄せ、中崎のほうを見た三橋。
「うん。玄関のところで鉢合わせになっちゃったんだ」
「……っ、早く言いなさいよ、それ!!」
　ああ、結局嘘は嘘だったのか。
　3人で遊んだというのは本当らしい。
　その事実に俺は、わかっていたのにひどく落胆した。
　心のどこかで、まだ真由の言っていたことを信じたがっている自分がいたんだと思う。
「ちょっと待って！　違うのよ！　嘘をついたわけじゃなくて……いや、嘘かもしれないけど、違うわよ！」
　何が違うんだよ……意味わかんねぇ。
　もう何も聞きたくない。
「その……嘘ついたのは、わけがあったっていうか……」

「嘘は嘘だろ。グルになってコソコソしやがって、やましいことがあるから言えねーんだろ」

吐き捨てるようにそう言えば、その場が静まる。

長い沈黙のあと、口を開いたのは三橋だった。

「……あんた、もしかして真由にもそんなこと言ったの?」

ありえないとでも言いたげな顔をしている三橋に、返事はしなかった。

否定はしない。だって、突き放すようなことを言ったのは事実だ。

「さいってー……」

それを肯定と取ったらしい三橋の声は、震えていた。

多分、怒りで。

なんでお前がキレるんだよ……と思った俺の耳に届いたのは……。

「真由はね……あんたの誕生日を祝うために、土日にバイトしてたのよ!」

三橋の怒鳴るような声。

……え?

バイト……?

「中崎が紹介してくれて、3人で行ったの! やましいことなんか1個もないわよ!! ただ帰り道が一緒だから、あたしが送ってやってって頼んだの!!」

なんだよ、それ……。

「あの子……あんたの誕生日だからって必死で……サプライズするってあんなに張りきってたのに……熱出たのだっ

て、初めてのバイトで疲れたから……それくらい、あの子頑張ってたのに……」
　怒ってるのか呆れているのか……それとも悲しんでいるのか。
　いろんな感情が入り混じって、段々小さくなっていく三橋の声に、俺はようやく自分がどれだけバカだったか気づいた。
　最悪だ——俺。
「やっぱりあんたみたいなのに、真由は任せられないわ‼」
「……それ、本当なのか……？」
「なんでそんな嘘つかなきゃいけないのよ……！」
　不意に、部屋を出ていく直前に見えた真由の顔を思い出した。
　真由が一生懸命俺のために動いてくれているなんて少しも知らずに、他の男といるのを見て嫉妬して……その上酷い言葉を吐いた。
　嘘をつかれたと被害者ヅラして、好きな女を……信じてやれなかった。
　俺はいったい、何回真由を傷つければ気がすむんだろう。
　俺の部屋を出たあと……きっと、泣いていたに違いない。
「……真由ちゃんかわいそ。こんな男のために、健気に頑張らなくてよかったのに」
　中崎が呆れたように俺を睨んでくる。
　言い返す言葉が、何もなかった。
　自分が情けなさすぎて、幼稚すぎて……。

……真由の気持ちを、俺は踏みにじったんだ。
「……悪い、三橋。俺行くわ」
　今すぐに会いたかった。
「うるさい!!　あんたなんか二度と真由に近づくんじゃないわよ!!」
　今すぐに会って……謝らなきゃいけないと思った。
「……ごめん。ほんと最低だった」
　100%、俺が悪い。
　でも、だからこそ……行かなきゃ。
「謝りに行ってくる。許されるかわからないけど……」
　もう嫌いだって言われても仕方ないことをした。
　けど少しでも可能性があるなら……もう一度、いつもの俺たちに戻りたい。
　真由を、手放したくなんかない。
「……は？　あんた授業──」
「帰る」
　三橋の声を遮って、俺は教室を飛び出した。
　誰よりも愛しい人のところへ、全力で走った。

「はぁ、はっ……」
　真由の家に着いて、インターホンを鳴らす。
　……って、無我夢中で来たけど、真由のお母さんが出たらなんて言おう……。
　いつも仕事でいないはずだけど、真由が寝込んでいるなら看病のため家にいるんじゃ……。

『……はい……』

俺の心配とは裏腹に、インターホン越しに聞こえてきた真由の声。

その声は弱々しく震えていて、風邪で辛いのがすぐにわかった。

「……真由」

無意識に、名前を口にしていた。

『……え？　こう、くん……？』

返ってきたのは、驚いている様子の声。

インターホン越しじゃなく、顔を見て伝えたい。

精一杯の謝罪と、俺の気持ちを。

「入っていい？」

『え？　……あ、の……学校、は……？』

「お願い、開けて」

困惑しているらしい真由の声に、急かすような言葉を乗せる。

すると、真由は『う、うんっ……』と返事をしてインターホンを切った。

おぼつかない様子の足音が聞こえてきて、目の前のドアが開く。

出てきたのは、顔を赤く高揚させ、弱りきったパジャマ姿の真由だった。

何よりも先に身体が動いて、華奢な身体を抱きしめる。

「……ごめん」

真っ先に出てきた言葉は、情けなく震えていた。

俺の胸の中にすっぽりと収まる身体も、びくりと震えたのがわかる。
「三橋から全部聞いた。俺……誤解して、真由の言葉も聞かずに酷いこと言って……本当にごめん」
　傷つけたことを謝りたくて、許してほしくて、必死に言葉を絞り出した。
「許してもらえないかもしれないけど……ごめん。俺、勝手に被害者ヅラして……最低だった」
　本当にごめん、真由……。
「こ、こうくん……謝らないで……」
　真由の手が、そっと俺の背中に触れた。
　弱々しい力で抱きしめ返してくる真由に、愛しさが溢れ出す。
「わ、私……嘘ついて、ごめんねっ……」
　今にもかき消されてしまいそうなほど小さな声で紡がれた謝罪に、俺は罪悪感でどうかなってしまいそうだった。
「違う。俺が何も聞かずに勝手に怒ったからだ。本当にごめん」
　どうして、俺を責めないんだ。
　真由が謝る理由なんて、１つもないのに。
　きっと嘘をついたのも、バイトのことを隠したかったんだろう。
　三橋がサプライズだと言っていた……真由は俺のために、頑張って嘘をついたはずだ。
　そんな真由の気持ちを踏みにじってしまった自分への怒

りで、俺はきつく下唇を噛む。

怒っていいのに。怒鳴られたっておかしくないようなことをしたのに……。

「も、もう……怒って、ない?」

不安そうに聞いてくる真由に、胸が締めつけられる。

こんなときまで優しい真由を、ああ好きだと思わずにはいられなかった。

「怒っているわけないだろ……つーか、怒られるのは俺のほうだから」

「私は怒ってなんかない、よ……ただ……」

ただ……?

真由は少し沈黙したあと、目に涙を溜めて口を開いた。

「こ、怖かったっ……こうくんに、嫌われちゃったって、思ったから……」

……っ。

「私……ダメな彼女で、ごめん、なさい……っ。誕生日も結局熱を出して、こんなことに、なって……メッセージも送ろうと思ったんだけど、私のおめでとうなんて、嬉しくないかなって、思って……っ」

1つも悪いことなんてしていないのに、ポロポロと涙を流しながら謝る真由。

もう見ていられないくらい辛くて、抱きしめる腕に力を込めた。

ダメな彼女なわけがない。むしろそれは俺のほうで……それなのに、まだこんな俺を、好きでいてくれているらし

い真由。
　愛しいという気持ちが全身を駆け巡って、このまま抱きつぶしてしまいそうだった。
「ごめんな……本当に。今度からは、何かあってもちゃんと真由の話聞くから。勝手に怒ってあんな子供みたいなこと絶対にしないから」
　絶対、約束する。
　もう、真由の悲しむ顔は……見たくない。
「……っう、うん」
「俺のこと……許してくれる？」
　俺の肩に顔を埋めながら、こくこくと頷く真由。
　愛しくてたまらなくて、優しく頭を撫でた。
「っ、うっ……よ、よかった……っ」
　ああ……こんなときに不謹慎かもしれないけど……。
　可愛くて、たまらない。
「俺も。同じこと思ってる」
　もう一度真由を抱きしめられて、本当によかった……。
　もう、離したくない……。
「私が好きなのは……こうくん、だけだよ……」
　嬉しすぎる言葉を唐突に言われて、息が詰まった。
　中崎のことで、俺を不安にさせたと思っているのだろう。
　そういうところが……本当に、好きだ。
「うん、わかってる」
　痛いくらい、伝わっているから……。
　真由は顔を上げて、俺のほうを見た。

ふにゃりと頬を緩めて、無防備な笑顔を向けられる。
「大、好き……お誕生日、おめでとうっ……」
　あー……朝の言葉は撤回する。
　間違いなく、今日は最高の誕生日。
「ありがとう」
　真由がいてくれる幸せを噛みしめるように、再び強く抱きしめた。

甘い甘い＊side真由

「真由、体調は相当悪いのか……？」

こうくんの言葉に、こくりと頷いた。

バイトが終わった日の夜、身体が酷くだるかった。

こうくんとケンカをしてしまって泣いていたから、そのせいもあるのかと思ってその日はおとなしく寝たんだけど、朝になって酷い頭痛に襲われた。

熱を測ったら、39.6℃という見たこともないような高熱が出て、すぐに病院に行って1日中ベッドで過ごした。

その間、ずっとこうくんのことが頭から離れなくて。

何度も何度も謝ろうと思ったけれど、返事が来ないんじゃないかと思ったら怖くてたまらなくて、結局何もできなかったんだ。

このままギクシャクした関係が続いたらどうしよう。

こうくんに「別れよう」って言われちゃったら、どうしようっ……。

そんなことばかり考えていたから、今、本当に幸せだ。

「お母さんたちは留守だよな？」

「う、ん」

「なら部屋に行こう。俺が看病するから」

そう言って、軽々と私の身体を持ち上げたこうくん。

世に言うお姫様抱っこをされ、ボフンッという音をたてるかのように頬が赤く染まった。

「こ、こうくん……あ、歩けるよ？」
「無理しなくていいから。おとなしくしてて」
「うっ……」
　なだめるように言われて、おとなしく口を閉じる。
　ていうか……わ、私、汗くさくないかな……？
　シャワーは浴びたけど、すごく汗かいたし……それにパジャマ姿のまま……恥ずかしいっ……。
「降ろすぞ」
「う、うんっ……」
「……ほら、布団かぶろうな」
　子供をあやすような言い方に、なんだか恥ずかしくなる。
　こうくん……なんだかいつもより優しい……？
　いや、いつも優しいんだけど……今日はなんていうか……甘い？
「熱測ろっか。ご飯食べた？」
「まだ……食べてない……」
「何か食べたいものあるか？」
「……ない。食欲が、あんまり……」
「じゃあ、ちょっとでいいからなんか食おう。ゼリーとか買ってくるから、その間に熱測ってて」
「う、うん……」
「早く風邪治そうな？」
　そう言って優しく頭を撫でてくれるこうくんに、胸がキュンッと音をたてた。
　うっ……カッコいい、優しい……。

ほんと、好きだなぁ……。
　仲直りできて、本当に本当によかった……っ。
　今日もきっと会えないだろうって覚悟してたから、こんなふうに会えて嬉しい……って、そういえばこうくん、どうしてここにいるの？
「こうくん……学校は？」
　今は普通に、授業中のはずじゃ……。
「あー……早退した」
　さらりとそう言ったこうくんに、慌てて口を開いた。
「ダ、ダメだよ……戻らなきゃ……」
　こうくんは優等生なんだから、サボったりしちゃダメだよ……！
　ましてや私のせいでこうくんの評価を下げるようなことしちゃったら、こうくんにもこうくんママにも顔向けできない……！
「別に１日くらい平気だって。ていうか今さら戻っても変だろ。三橋が適当に言い訳してくれているはずだし」
「で、でも……もうすぐテストもあるし……」
「俺がこんなことで、成績落とすと思う？」
　うっ……こうくんが言うとやけに説得力があるというか、何も言い返せないっ……。
　でも、やっぱり休ませるのは罪悪感がある……。
「今なら戻っても間に合うよ……！」
「いや、戻らない。今は真由のそばにいたいから」
　……っ。

そんな言い方……ずるい。
　そんなふうに言われたら……私だって、離れたくなくなっちゃうよ……。
「でも……私の近くにいたら風邪もうつしちゃうし……」
「真由にうつされるなら本望(ほんもう)だし。俺の心配してくれるのは嬉しいけど、しんどいときはちゃんと頼って」
　こうくん……。
　私の意見をすべて跳ね返し、じっと真剣に見つめてくるこうくん。
「わかった？」
　ふわりとやわらかな笑みでそう聞かれ、頷く以外の選択肢が私にはなかった。
「ん、いい子。すぐに買ってくるから待ってて。玄関の鍵、借りていくな」
　再び私の頭を撫でたあと、額に触れるだけのキスをして、部屋を出ていったこうくん。
　私はキスされた場所を押さえながら、頬に集まる熱が、風邪のせいかこうくんのせいか、わからなくなっていた。
　やっぱり、今日のこうくん……。
「……あ、甘い……」
　糖度、増し増しすぎるっ……。
　熱も相まって、もう溶けてしまいそうだと冗談抜きに思った。
　でも、仲直りしてほっとしたからか、なんだか身体が楽になった気がする。

ちょうど睡魔も襲ってきたから……ちょっと目を瞑ろうかな。
　　昨日もこうくんのことで頭がいっぱいで眠りが浅かったから……今日は、ぐっすり眠れそうだ。

「んっ……」
　ゆっくりと視界に光が入ってきて、ぼんやりと色づいていく世界。
「あ、れ……？」
　私、何やってたんだっけ……。
「目、覚めた？」
　真っ先に聞こえたその人の声に、自分が寝てしまっていたのだとようやく気づかされる。
「こう、くん……っ、私、寝ちゃってたっ……」
　ガバッと布団を跳ねのけ身体を起こした私を見て、こうくんはやわらかく笑った。
「うん。よく眠れたか？」
「うん……」
　眠れた、けど……。
　今何時だろう？と部屋の時計を見ると、こうくんが来た頃から5時間経っていた。
　その事実に胸が痛くなる。
　申し訳なさでいっぱいになり、恐る恐るこうくんを見た。
「こうくん……ごめんね……っ」
　私……せっかくこうくんが来てくれたのに、呑気に寝

ちゃって……それに……。
　こらえきれずに、涙がすっと頬にひと筋のシミを作った。
　次から次に溢れる涙は止まらなくて、ボロボロとこぼれていく。
　そんな私を見て、こうくんは驚いた様子で目を見開いた。
「真由？　どうした？」
　優しく肩を抱かれ、ぽんぽんと頭を撫でられる。
　それがさらに涙を誘って、止まらなくなった。
「どこか痛いのか？　真由？　泣かなくて平気だから、どうした？」
「せっかくの、誕生日、なのに……私の面倒ばっかり見させてっ……台なしに、して……」
　顔を隠すように俯いて、ゴシゴシと涙を拭う。
　すると、スッと大きな手が伸びてきて、顔を上向きにさせられた。
　困ったように笑うこうくんと目が合って、優しく涙をすくわれる。
「……バカ。台なしなんて思うわけないだろ」
「で、でも……」
「なぁ真由。俺がさ、どれだけ真由のこと好きかわかってる？」
「え……？」
　唐突にされた告白に、顔が赤く染まっていくのが鏡を見なくともわかった。
　そんな私を見つめながら、こうくんは言葉を続ける。

「隣にいてくれるだけで、俺は世界一幸せになれんの。さっきも寝顔見ながら、幸せだなぁってずっと思ってた」

　……ま、待って。

　う、嬉しいけど……寝顔、見られちゃったのっ……？

　それはものすごく、恥ずかしいっ……。

　恥ずかしい、けど……。

「彼女になってくれたのもまだ夢みたいなのに、こうして誕生日に一緒にいられるとか……俺からしたら、何よりも幸せなことだから」

　ほんと……幸せ、だなぁ……。

　こうくんの誕生日なのに、私のほうが幸せでいいのかなっ……？

「もう、泣かなくていいって。泣いてる顔も可愛いけどさ」

　私の頬をぷにぷにと触りながら、歯を出して明るく笑うこうくん。

　その顔が、私に触れている手が、こうくんの全部が愛しくてたまらない。

　引き寄せられるように抱きついて、たくましい胸に顔を埋めた。

「……っ、すき、こうくっ……」

　泣きながら発する言葉はたどたどしくて、全然格好がつかない。

　ただ胸がぎゅーっとなって、こうくんが愛しいって気持ちでいっぱいだった。

「……あー……かっわい……幸せすぎて心臓痛いから……

どうかなりそうだって」
　頬に手を添えられ、ゆっくりと顔が近づいてくる。
　唇が触れる寸前に、慌てて口を塞いだ。
　もちろん、自分の手で。
「ダ、ダメッ……う、うつっちゃう……」
「うつしていいってば」
　さすがに、キスはダメだよ……！
　私だって……ほんとはしたい、けど……。
　もしこうくんにうつっちゃったら、それこそ責任重大だ。
　わかって……という気持ちを込めて見つめると、こうくんは困ったように口の端を曲げた。
「わかったから、そんな顔しないで。それじゃあ……風邪が治ったらいっぱいする」
　治ったら……その言葉に、どきりと心臓が跳ねる。
「あ、の……今週の土日……」
「ん？」
「私の家……お母さんとお父さん、家にいない、から……」
　じつは、メールで言おうと思っていたんだ。
　ちょうど、週末は家に誰もいないから。
　本当は家族旅行の予定だったけど、私はテスト前だから行かないことにしていた。
「こうくんの、お誕生日祝おう……？」
　誕生日当日はこんな形になっちゃったから、ちゃんと仕切り直しさせてほしい。
　私の言葉に、こうくんは目を見開いてこちらを見てくる。

「いいの？」
　そう聞くってことは……その日は空いてるってこと？
　ふふっ……やった。
「うんっ……えへへ、やり直し」
　ぎゅーっと抱きついて、頬をすり寄せた。
　台なしにしたままじゃ嫌だから、当日は頑張ろうっ。
　その前に、早く風邪も治さなきゃ……！
「……生殺しすぎる」
「え？」
「風邪治ったら覚悟しといて」
　耳元で囁かれた、そんなセリフ。
　私の顔が赤くなったのは、もう言うまでもない。

プレゼント＊side煌貴

「こうくん、起きてー！」
　いつもの朝が戻ってきたのは、金曜日だった。
「ん……ま、ゆ？」
「遅刻しちゃうよ！」
　ゆっくりと目を開けると、視界に映った真由の姿。
「……もう、平気なのか……？」
「うんっ！　おかげさまでバッチリ治ったよ……！」
　その口調と普段通りの顔色を見る限り、本当に治ったんだろうけど……。
「ほんとか？」
「ほ、ほんとだよ！」
「しんどかったらいつでも言えよ？」
　やっぱり心配だからな……。
　水曜日には熱が下がっていたが、昨日は俺が休むように言った。
　もし悪化したら、もとも子もないし……。
　もう平気ならいいけど、今日は1日気にしておこう。
「ふふっ、こうくんは過保護だなぁ……」
　くすくすと愛らしく笑う真由に、心臓が跳ねる。
　よかった、元気になって。
　優しく腕をつかんで、自分のほうに引き寄せる。
　頭を引いて、そっと口づけた。

「……っ！」
「久しぶりだな、おはようのキス」
　顔を離してニタリと笑うと、みるみる赤くなっていく真由の顔。
　はぁ……朝から癒される。
　もう１回……と後頭部をつかんだとき、真由が拒むように唇の前でバツを作った。
「……っ、ダ、ダメだよ……！」
「なんで？　治ったら覚悟しろって言ったじゃん」
　散々我慢したんだから、そろそろ充電させてほしい。
　真由不足で、結構ヤバいところまで来てるんだからな。
「ち、遅刻しちゃう、から……」
　でも、困らせたいわけではない。
「はいはい、仕方ないな」
　無理強いはしたくないし、俺の中では真由の意思が第一なわけで……おとなしく諦めて、身体を起こした。
「……あ、明日……」
　……ん？
　ぽつりと真由が吐いた言葉を、俺は聞き逃さなかった。
　それって……。
「明日なら、していいってこと？」
　俺の言葉に、真由は俯いてしまった。
　真っ赤になった耳が見えて、言葉にできないほどの愛しさが込み上げてくる。
　なんだよそれ……可愛すぎるだろ。

「……ごめん、もう1回だけ」
 これで我慢しろなんて、無理に決まってる。
 むしろ、1回で抑えてることを褒めてほしいくらいだ。
 ちゅっと軽いリップ音を鳴らしたあと、唇を軽く押しつけてゆっくりと離れる。
 あー……可愛い。
「……早く明日になればいいのに」
 今日は早く終わってくれと願うほど、待ち遠しくてたまらない。
「……っ、も、もう早く行こうよっ……！」
「ふっ……うん」
 まあ、久しぶりに真由と学校に行けるから、今日は今日で楽しむことにしよう。
 真由が隣にいるだけで、俺は世界一の幸せ者になれるんだから。

 教室に着くと、真っ先に目に入ってきた、本来目に入れたくない人物。
 向こうも気づいたようで、隣の真由と俺を交互に見たあと、わざとらしく笑った。
「あれ、すっかりもと通りだね」
「お前……」
 こいつ、絶対確信犯だろ。
 わざと俺と真由の仲を壊そうとしたなら、放ってはおけない。

危険分子は処分しておかないと……社会的に。
　　本気でそう思い、静かに中崎を見つめる。
「え？　怒ってるの？　別に俺、怒られるようなことしてないでしょ？」
　　その言葉を本心から言っているなら、本気でどうにかしないといけないと思ったが、そこまでバカじゃないらしい。
「ふふっ、嘘だって。確かに、今回はちょっと意地悪だったと思っているよ。あわよくばつけ入る隙がないかなーとも思ったし。ま、本気でムカついたしね」
「……は？」
「新城があんまりにも愛されてるから、うらやましくて掻き回しちゃった。ごめんね」
　　なるほど……と納得してやるほど心は広くないが、悪い気にはならなかった。
　　こいつがこんなふうに言うってことは、俺は結構真由に愛されているのか……？
　　周りに言われるのって、ちょっと嬉しいかも。
　　だって端から見てわかるくらい、真由が俺を想ってくれてるってことだ。
「お前のことは正直死ぬほど鬱陶しいけど、もう真由のこと諦めるって誓うなら許してやる」
　　少し気分がよくなってそう言った俺に、中崎はにっこりと効果音が付きそうなほどの作り笑いを浮かべた。
「それは無理」
「お前、本気で殺すぞ」

やっぱり前言撤回。早めに始末したほうがいい。
「こ、こうくんっ……！　そんなに睨んじゃダメだよ！」
さっきまできょとんとした顔で俺たちの話を聞いていた真由が、服の袖をつかんできた。
話の内容はわかっていないようだが、俺が怒っているのを見て、止めに入ったんだろう。
あたふたとしているその姿が可愛くて、怒りがスッと引いていく。
「別に怒ってねーよ。それより、こいつが俺のこといじめてくる」
真由を軽く抱きしめて、見せつけるように中崎のほうを向いた。
案の定、はっきりと顔には出さないが、不機嫌になった中崎。
「……っ、え！」
真由はというと、驚いた表情で目を見開き、俺と中崎を交互に見ていた。
「な、何があったのかわからないけど……こ、こうくんのこと、いじめちゃダメだよ……？」
あれ？
俺のこと……かばうんだ。
想定外というか、真由のことだから「落ち着いてー！」とか言ってあやされると思ったのに。
意外にも意外。かばわれたというか、俺の味方になるような発言が嬉しかった。

中崎に勝ったという謎(なぞ)の優越感に満たされ、自然と頬が緩む。
　俺って単純だな……。
　これで中崎も、諦めてくれるだろう……。
「はーあ、いいなー。俺も真由ちゃん欲しいなぁ……」
「お前……吹っ切れすぎだろ!!」
　そうだ、こいつはしつこいヤツだった……と、改めて俺は中崎へ敵意を向けた。

　幸せな金曜日が終わり、望んでいた土曜日がやって来た。
　今日は夕方から真由の家に行く予定だ。
　晩ご飯を一緒に食べようと言われ、柄にもなく朝からずっとソワソワしていた。
　なんたって、真由の手作り料理だ。
　完成するまで待っててと言われ、家で待機していた。
　ピロンッと着信を知らせる音が鳴り、急いでスマホの画面を見る。
【真由：お待たせ！　晩ご飯できたよ！】
　そのメッセージを見るや否や、即座に部屋を飛び出した。
　母親には事前に言っているから、すぐに家を出て真由の家へ移動する。
　いつものようにインターホンを押すと、エプロンを着けたままの真由が出てきた。
　……可愛い。
「こうくんっ……！」

俺のもとへ駆け寄ってきた真由に手を握られ、家の中へと誘導される。
　玄関に入り扉を閉めた真由は、正面から俺に抱きついてきた。
　突然のことに、どきりと大きく跳ねる心臓。
　そんな俺の心情を知らないで、真由は抱きついたまま、上目遣いで見つめてきた。
「えへへっ……お誕生日、おめでとうっ」
　……天使かよ……。
「あー……ありがとう」
　込み上げる愛おしさをぐっと噛みしめ、目を逸らしてそう言う。
　可愛すぎて直視できない。無理。
「入って入って……！」
　上機嫌な真由は、俺の手をつかみリビングへと引っ張ってくる。
　愛らしさに身を委ね、されるがままついていった。
　リビングに入ると、食欲をそそるいい匂いがする。
「お腹減った？」
「うん。すっげー減った」
「ふふっ、よかった」
　にっこり笑って、リビング奥のテーブルへと案内された。
「うわ……すっげ……！」
　テーブルに並べられた、料理の数々。
　これ……全部真由が作ったのか？

昔母親が不在のときに、何度かメシを食べさせてもらっていたから料理ができることは知っていたが、ここまでの腕前とは思わなかった。
　前菜やスープ、俺が好きなハンバーグなど、色とりどりに並べられた料理の数々。
「お口に合うかわからないけど……たくさん作ったの」
「すっげー嬉しい……こんなに作るの大変だったろ？」
「ううん……！　こうくんのこと考えてたから、すごく楽しかった……！」
　そんな可愛い言葉を添えられて、思わず息を呑んだ。
　……ダメだ、今日は特に。
　真由が可愛いのはいつものこと……ていうか自然の摂理のようなものだが、今日は異常だ。
「……今日、可愛さがおかしいんだけど」
　思わずそんな言葉が溢れてしまって、真由がきょとんと首を傾げた。
「へ？」
「いや、なんでもない……ていうか、食っていい？」
　危ない……引かれるところだった。
「うん！　食べようっ！」
　特にそれ以上聞いてこなかった真由にホッと胸を撫で下ろし、椅子に座る。
「いただきます」
　手を合わせ、料理を口に運んだ。
　……。

「うっま……」
「ほ、ほんと?」
「うん。今まで食べたメシの中で1番美味い」

　冗談抜きにしてそう断言できるほど美味くて、箸が止まらない。

　ただでさえ骨抜きなくらい真由にやられているのに、胃袋までつかむなんて、もう俺にどうしろっていうんだ。

　ふと、もし結婚したら生活をともにして、毎日真由が俺のためにご飯を作ってくれるのかと想像した。

　想像しただけなのに、幸せすぎてどうかなりそう。
「ふふっ、こうくん大げさっ……」

　パクパクと食べ進める俺を見て、真由が笑う。

　何も大げさじゃないけど……と、心の中で返事をした。
「ごちそうさま。あー……美味かった」

　美味しすぎて、あれだけあった料理をペロリと平らげてしまった。

　大食いなほうではないのに、おかわりがあるならまだ食べられるくらい美味かった。

　そして何より、俺のために作ってくれた真由の気持ちが嬉しかった。
「喜んでもらえてよかった……!」

　へにゃりと頬を緩める姿が可愛すぎて、言葉が出ない。

　喜ぶに決まってる……真由が俺のためにしてくれることは、なんだって嬉しい。

　どんなものでも、真由がくれるなら喜んで受け取ってし

まうだろう。
　そのくらい惚れられてるっていう自覚を、そろそろ持ってくれただろうか？
「また作って」
「うん！」
　笑顔で頷く真由を、じっと見つめる。
「真由、こっち来て」
　両手を広げそう言うと、真由は首を傾げ、俺のほうへ歩み寄ってきた。
　腕を引っ張り、自分の膝の上に座らせる。
　そのまま、後ろから強く抱きしめた。
　風呂に入ったのか、真由の髪からシャンプーのいい匂いがした。
　理性の糸が切れそうな気がして、慌てて頭から顔を離す。
　肩に顎を乗せ、大きくため息をついた。
「……はぁ……癒される」
　抱きしめているだけで、なんでこんなにも癒されるんだろう。
　その答えは紛れもなく、その相手が真由だから。
「こ、こんなことで癒されるの？」
「うん。真由がいてくれるだけで癒される」
「そ、そっか……」
　耳元で囁いた俺の言葉に、真由は恥ずかしそうに俯いた。
「あのね、こうくん……ちょっとだけ離して？」
　……え？

一瞬嫌だったのかと心配したが、何か理由があるようで、おとなしく腕を解く。
　真由は「ちょっと待っててね」と言って、急いでリビングの奥へ行ってしまった。
　すぐに戻ってきた真由の手には、綺麗にラッピングされた袋が。
「こ、これ……」
　恐る恐る差し出されたそれを受け取る。
「これって……」
　もしかして……。
「誕生日、プレゼントっ……」
　……マジ、か。
　そういえばバイトをしてたって……これのため？
「開けていい？」
　そう聞くと、真由はコクコクと首を縦に振った。
　丁寧にリボンを解いていき、袋から出てきたのは……。
「え？　なんで……」
　そこにあったのは、俺がずっと欲しいと思っていたスマホケースだった。
　偶然とは思えず、真由に視線を移す。
「こうくんのお友達がね、教えてくれたの！」
　友達？　ああ……そういえば、雑誌に載ってたんだった。
　うわ……すっげー嬉しい。
　もともとものを雑に扱ってしまうほうで、スマホをよく落としていた。

このケースを見つけたときに買おうと思ったけど、値段が値段で、自分のものにお金をかけるなら真由とどこかへ遊びに行こうと思い諦めたんだ。
　それなのに……。
「……本当に嬉しい。でも、これ高かったろ？」
「えへへ、アルバイトしたの！」
　嬉しそうに笑う真由に、胸が締めつけられる。
　俺のためにそこまでしなくていいよと思う反面、俺のためにそこまでしてくれたという事実に歓喜せずにはいられない。
　たまらず、真由の身体をもう一度抱き寄せた。
　あー……いったい、どこまで俺を好きにさせれば気がすむんだろう。
「こ、こうくん？」
「ありがとう……一生大事にする」
「もうっ、また大げさ……！」
「大げさじゃない。真由が俺のためにしてくれたこと、全部嬉しいんだよ」
　な、わかって。
　俺は本当に、誰よりもお前のことが——好きで好きで、たまらないんだよ。
「最高の誕生日だな」
　今日のことを、俺はきっと忘れない。忘れられない。
　真由が俺を大切に思ってくれていることを、改めて確認することができた。

これ以上に嬉しいことなんて、俺の中には存在しない。
「……あ、のね」
「ん？」
「もう1つね……その、プレゼント……が……」
　え？
「もう1つ？」
　なんだろう。これ以上何かされたら、もう幸せすぎて頭がパンクする。
　真由のほうをじっと見ると、なぜか恥ずかしそうに俯いていた。
「……やっぱりいい」
「何？　気になるんだけど」
　そこまで言ったなら教えてほしい。
　そんな顔するってことは、何かあるはずだから……。
「……わ、たし……を……」
「……は？」
　……今、なんて言った？
　私？
　それって……。
「や、やっぱり嘘……冗談だよっ……」
　真意を聞こうとするより先に、真由がごまかすように笑った。
　冗談ってことは多分、俺が考えている意味と同じってことだろう。
　でも、真由がそんなこと言うなんて……。

「どうした、急に」
　何かあったのか心配になって、優しくそう聞く。
　真由は顔を真っ赤にしながら、恐る恐る俺の顔色をうかがうように見てきた。
「……こうくんが、喜んでくれるって……みんなが……」
　……ああ、なるほど。
　真由が自分からそんなことを言うはずないと思った。
　あー……焦った。
　多分三橋あたりに適当なことを言われたんだろう。
　あいつ、ぶっ殺す。
「バカの入れ知恵なんか聞かなくていいから」
　そう言って優しく頭を撫でると、まだ何か言いたいことがあるのか、下唇をきゅっと噛みしめた真由。
「た、確かに、みんなに言われたのもあるけど……私はね、いつでも、その……こうくんになら、何されても……平気」
　予想もしていなかったセリフに、一瞬心臓が止まった気さえした。
　なんだ、それ……。
「それとも、私にはそういう魅力……ない？」
「アホか」
　なに言ってんの、ほんと。
　真由に魅力がない？　ありえない。
　ありすぎて、毎日どれだけ俺が翻弄させられてるか。
　いい加減、この無自覚さをどうにかしてもらいたい。
「なぁ、俺がどれだけ我慢したと思ってんの？」

まっすぐに目を見つめ、正直な気持ちを口にした。
「俺だって男だから、そりゃ好きな人を触りたいって思うよ。でも……」
　真由の気持ちは嬉しいけど、俺は。
「そういうのは、急がなくてもいいだろ？」
　――お前が、この世で1番大事なんだよ。
　焦らなくたっていい。
　そういう行為だけがすべてじゃない。
　一緒にいるだけで、俺がどれだけ満たされているかわかってほしい。
　強引に結ばせた恋人関係だからこそ、今はゆっくり愛を育んでいきたい。
　真由のペースに合わせて……。
　しかも、初めてが真由の家とか、ちょっとロマンが足りない気がする。
　俺がちゃんと考えるから、真由が気を遣う必要はない。
　俺のためにそう言ってくれるのは、死ぬほど嬉しいけど。
「これからずっと一緒にいるんだから……な？」
　ゆっくり、愛を確かめ合っていこう。
　俺がどれだけ真由に夢中かも、ちゃんと全部伝えていくから……。
　真由はただ俺の愛を受け入れて、俺のそばにいてくれるだけでいい。
「うん……！」
　何よりも愛しい笑顔に、俺までつられて笑みがこぼれる。

あー……ほんと可愛い。

もう可愛いしか出てこない。

「でも、キスはさせて」

「えっ……」

「いいって言ったもんな？」

　俺も、我慢の限度がある……。

　ゆっくりと真由の後頭部に手を添え、引き寄せる。

　やわらかい唇に自分のそれを押しつけて、甘い唇を堪能した。

　顔を離すと、頬を高揚させ、目を潤ませている真由と目が合った。

「……かっわい……」

　こんな可愛い顔、他の誰にも見せたくないや。

　あー……早く結婚して、俺だけの真由にしたい。

　なんて気が早すぎることを思って、そんな自分に笑った。

「こうくん……今日、泊まってくれる？」

「うん。真由がいいなら」

「泊まってほしい……今日はずっと一緒にいたいよっ……」

　なにその殺し文句みたいなの。

「……あんま煽んないで、頼むから」

　生殺しすぎるし、あー……今夜は眠れそうにない。

「大好き、こうくんっ……」

　ぎゅっと抱きついてくる真由の背中に、そっと手を回す。

「俺も……愛してる、真由」

　耳元でそう囁いて、もう一度、触れるだけのキスをした。

幼なじみに溺愛されています。＊side真由

「ん……」
　いつもより、なんだか温かい気がする。
　朝日のせいか、自分の体温のせいか……わからないまま目を開くと、私の視界に飛び込んだこうくんの顔。
　しかも、こうくんはバッチリ目を開けていて、綺麗な瞳と視線がぶつかる。
「……っ、こ、こうくん？」
　な、なんでっ……!?
「おはよ、真由」
　笑顔で朝の挨拶を口にするこうくんに、私は昨日のことを思い出した。
　そうだ、こうくんに泊まってもらったんだった……。
　身体が温かかったのは、こうくんが抱きしめてくれてたからか……。
　って、呑気にそんなことを考えている場合じゃない！
「……おはよ。じゃなくて、もしかして……」
　先に起きてたってことは……。
「うん。寝顔見てた」
　あっさりと白状するこうくんに、慌てて顔を隠し、寝返りを打って背を向けた。
　ありえない……さ、最悪だっ……。
　間抜けな顔を見られちゃった……っ。

「い、いつから起きてたの!?」
「んー、2時間前くらい?」
　そんな前から見られていた事実を知り、恥ずかしくてたまらなかった。
　もう、穴があったら入りたい……。
　寝顔なんて、絶対ブサイクだろうに……。
　呑気に眠っていた2時間前の自分を、叩き起こしたいくらいだよ……。
「こうくん朝弱いのに、どうしてそんなに早くから起きてたのっ……?」
「なんかさ、真由が隣にいるのに、寝てるのもったいないなーって思って」
　……うっ。
　そんなこと言われたら、何も言えなくなる……。
「寝顔、めちゃくちゃ可愛かった」
　後ろから包み込むように抱きしめられた。
　寝顔が可愛いなんて、そんなわけないのにっ……。
「こうくんの、バカ……」
　せめてもの抵抗をと、そんな暴言を吐いた。
　なぜか嬉しそうなこうくんの笑い声が、耳にかかりくすぐったい。
「拗ねても可愛いけど、機嫌直して」
「……」
「まーゆ。こっち向いて」
「……」

「……怒ってる?」
　……っ、ず、ずるい……。
　まるで捨てられた子犬のように弱々しい声を出して、首筋に顔を埋めてくるこうくん。
「怒ってるわけじゃ……」
「ほんと?」
「うん……で、でも、恥ずかしいから、これからは寝顔見るのはやめてね……?」
「善処する」
「約束してっ……!」
　もう、こうくんったら……!
　振り返ってキッと睨みつけたけど、こうくんが幸せそうに笑っていたから、なんだかどうでもよくなってきた。
　そういえば、こんなふうに2人で朝を迎えるのは初めてだなぁ……。
　いつも私がこうくんを起こしに行っているから、毎朝顔を合わせているけど……2人で迎える朝っていうのは、特別な気がした。
　朝からこんなにも幸せな気持ちになれるなんて、すごい。
「真由?　ぼーっとしてどうした?」
「ううん。幸せだなって思ってた……」
「……あー、朝から可愛いこと言わないで」
　いったいどこが可愛いことだったのかわからないけど、こうくんは深いため息をついてぎゅうっと抱きしめてくる。

「起きたくないな……ずっとこのままこうしていたい」
「私も……ふふっ」
　比較的いつも、目が覚めたらすぐに起き上がれるほうなのに……今日は、ベッドから出たくない。
「……な、いつものは？」
「いつもの？」
「おはようのキス」
「……っ」
「今日は真由からして？」
　甘えるように言われ、言葉が喉の奥で詰まった。
　ごくりと唾を呑み、こうくんの顔をじーっと見つめる。
「……ん」
　目を瞑り、完全に待ち顔をしているこうくん。
　うう……朝から綺麗な顔が目の前にあるのは、心臓に悪いっ。
　直視できない……。
　そんなことを思いながら、そっと触れているだけのキスをした。
「……は、はいっ。終わり」
「ま、及第点かな」
　そう言って、満足げに微笑んでいるこうくん。
「あー、幸せな朝……」
　噛みしめるように呟き、私の頭を撫で回してくる。
「ふふっ、そろそろ起きる？」
　本当はもう少しこうしてたいけど……。

「もうちょっとこうしてる……」
　私の気持ちが通じたのか、優しく微笑んで頭を撫でてくれるこうくん。
　その甘い笑顔に目を奪われて、思わず見惚れてしまった。
　じっと見つめていると、熱い視線が返ってくる。
「真由」
　……？
「大好き」
　なんの前触れもなくそう告げられ、思わず目を見開いた。
「ど、どうしたの、急に……っ」
「言いたくなった」
　と、突然だなぁ……。
　でも、よく考えるとこうくんはいつも突然で……ちょっと強引だった気がする。
　あの日、私が告白された日……突然豹変したこうくんに、最初はすごく戸惑った。
　幼なじみという関係が崩れるんじゃないかって心配で、たまらなくて……。
　けれど、それは杞(き)憂(ゆう)だった。
　きっと私もずっと前から、こうくんのことを好きだったんだと今さら思う。
　だって、いつも隣にいてほしいのは、ずっと前からこうくんだった。
　こうくんだけだった。
　この気持ちに、気づかせてくれてありがとう。

いつもありったけの愛を注いでくれて、ありがとう。
　　でもこれからは私だって負けていられないっ……。
　　こうくんへの気持ちはそう胸を張れるくらい、私の中で確かなものになっていた。
「……私も」
　　いつまでもずっと、あなたが溺愛する人が私でありますように。
　　それと同じくらい……私もこうくんのことを、愛し続けるからね。
「大好きだよ、こうくんっ……」
　　そう言って、頬にそっとキスをする。
「いっ。……ああもう……」
　　こうくんは驚いた表情をしたあと、熱のこもった瞳で私を見た。
「ほんと……可愛くてたまんない」

【END】

番外編

幼なじみ自慢＊side煌貴

　これは、京壱と知り合ったときの話だ。

　高１の初めの頃。俺は短期のバイトをしていた。
　駅前のカフェのホールスタッフ。
　面接の日、俺以外にも同い年の男がいた。
「それじゃあ、２人とも自己紹介からお願い」
「新城煌貴です。４月から高校生になりました」
　俺の挨拶に続いて、隣の男が立ち上がる。
「椎名京壱です。同じく高１になったところです。本日はよろしくお願いします」
　ひと目見て、正直ビビった。
　どこぞのモデルかと思うくらい、そいつの見た目が整っていたから。
　人の外見には興味ないし、自分がよく外見のせいで好奇の目に晒されるため、見た目でどうこう思うことはない。
　ただ、そいつの容姿はズバ抜けていた。
　たとえるなら、童話の王子が本から飛び出してきたみたいな……そんなバカみたいなことを本気で思った。
　面接後、俺とそいつはそろって合格だった。
　研修も一緒に受けたが、どちらからも話しかけることはなかった。
　というより、話したくなかった。

多分、苦手なタイプだと直感していた。
　ヘラヘラ笑顔を浮かべ、何を考えているかよくわからない感じ。
　こいつとは相容れなそうだから、あまり関わりたくないと思っていた。
　俺のその予感は的中していたらしく、本格的にバイトが始まり、ますますヤツが苦手になっていった。
　駅前の開発された地にあるカフェは、連日女の客が多かった。
　その女性客に、過剰なほど優しく接客をするヤツの姿を、俺は異質なものを見るような目で見ていた。
　なんでこいつ……こんなに愛想振りまけるの？
　明らかに、この男に気がある女性客たち。
　ていうか、1ヶ月も経つ頃にはこいつ目当ての客も増えていて、早くも店の看板になっていた。
　まあ、おかげで俺はホールだったけど裏方に回してもらったりして、感謝しないこともないけど……。
　俺からしたら考えられねー。
　このときまではこいつのことを、てっきり『女好き』だと思っていた。

　バイトを始めて3ヶ月ほどが経った日だった。
　その日は19時に終わって、店長のはからいでまかないを食べていた。
「お疲れさまです」

「お疲れさま」
　同じ時間に終わった女好き王子がスタッフルームに入ってきたので、一応返事をする。
　あんまり喋りたくないけど、店長に言われたしな……。
「おい。まかないが出てる」
　こいつの分の皿を前に出しそう言えば、相変わらず胡散くさい笑顔が返ってきた。
「ありがとう。いただくよ」
　俺の前に座って、食べ始めるそいつをちらりと見る。
　食べ方もお綺麗だな……こいつ、見るからに育ちがよさそうだけど、なんでバイトしてるんだ？
　つーか、こいつと２人とか無理なんだけど……。
　お互い無言で食べ進め、カチャカチャとスプーンと食器がぶつかる音だけが響く室内。
　その重苦しい空気に耐えきれず、先に口を開いたのは俺のほうだった。
「お前さ、あんな女たちにヘラヘラして、疲れないの？」
　喋りたくはない。でもこいつは無言だと変な圧力があるから、適当に喋らせておいたほうがマシだ。
　そう思い、嫌悪を込めた言葉を投げる。
　ヤツは顔色ひとつ変えず、口を開いた。
「疲れはしないかな」
　素でできるってことか……やっぱり理解できない。
「へー……俺には真似できないわ」
「君はもう少し、愛想を振りまいたほうがいいと思うよ」

正直、その言葉には少し驚いた。
　よく思われていないことは知っていたが、こいつが反論してくるとは思わなかったから。
　一瞬、案外人間味があるのか……？と思ったが、それでもこいつに対する苦手意識は変わらない。
「無理。お前みたいに、俺は女に騒がれたくない」
　俺たち、相容れないよ。多分一生。
　そう、思ったのに、
「心外だな。俺だって騒がれたくないよ。この害虫たちうるさいなーって思いながらニコニコしてるだけ」
　……ん？
　こいつ、今なんて言った？
　驚いて顔を見ると、相変わらず表情は少しも変わっていなかった。
　虫も殺さないような顔をして、毒を吐いたのだ。
「……それって素？」
　害虫って……俺より酷くないか？
「素って何？　俺はずっとこうだよ？」
　……どうやら俺は、こいつの性格を間違えて認識していたらしい。
「……今の言葉、お前のファンが聞いたら泣くぞ」
　なんだ、ただの女好きだと思っていたけど……自我はあったんだな。
　予想外というか、相当腹が黒そうだ。
　胡散くさい笑顔はそのままに、綺麗な薄い唇をゆっくり

と開くそいつ。
「別にいいよ、泣かれても。俺は好きな子以外どうでもいい」
　え?
　好きな子……?
　なんだ……完全に理解し合えないと思ってたけど、ちょっとかぶるところがあるかも。
　俺も真由以外はどうでもいいから、こいつの言葉に共感するものがあった。
「……それは同感」
「え、君好きな子いたんだ。女嫌いかと思ってた」
　一瞬……表情を崩し、こいつが目を見開いたのを見逃さなかった。
　まあそう思われても仕方ないか。
　俺の接客、愛想のかけらもないだろうし……。
「んー、その好きな女以外は全員嫌いって感じ。俺の場合」
「溺愛だね」
「まあな。ずーっと片想いだけど」
「あ、俺もだよ」
　あっけらかんと答えるこいつに、まかないを食べる手が止まった。
「は? お前が片想い……? その顔で?」
　嘘だろ?
　客観的に見て、こいつの容姿は上の……いや、特上だ。
　こんな綺麗なヤツは見たことないし、女に騒がれている理由もわかる。

そんな男が……片想い?
　おいおい、相手はどんな女だよ……。
「それ、君にも言えることだと思うけどね」
「そうか?　ていうか、お前が惚れる相手ってちょっと気になるわ」
「世界一可愛いよ。君も見たら惚れると思う。そうなったらその目を潰してやるけど」
　……おいおい、本気でなんなんだこいつ。
　喋ってみたら、どんどん今までの印象が崩れていく。
　いつも笑顔の王子様キャラかと思えば、ただの腹黒いヤンデレ男じゃんか。
　目を潰すとか、笑顔で言うなよな。つーか声色が本気なのがますますヤバい。
　あー……ちょっと面白くなってきたかも。
「お前イカれてんのな。でも、それはねーよ。俺は真由以外のヤツは好きになれない」
　お前の好きなヤツがいくら可愛かろうが、真由に敵うわけはない。
　若干自分でもわかるほどのドヤ顔で言い切ってやると、人畜無害そうないつもの笑顔とは違う、不敵な笑みが返ってきた。
「すごい自信だね」
「まあな。もう片想い歴10年以上だし。目移りしたことは一度もない」
　俺が唯一胸を張って言えること。

それは、真由への気持ちのデカさだけだ。
　ニヤリと笑って見せた俺を見て、なぜか驚愕している様子のこいつ。
　なんでそんな驚いてんの？
「……それって幼なじみってこと？」
「うん、そうだけど」
「じつは俺もなんだ。もう物心ついたときからずっと片想い。笑えるでしょ？」
　……え？　マジで……？
　まさか、自分と正反対だと思っていた男とここまで共通点があったとは。
　そりゃ驚くわ。つーか、本気で言ってんの？
「いや……お前が告白したら１発でいけるだろ……」
　多分、俺以上になんでもそつなくこなしそうなこいつ。
　顔がいい上に仕事もデキる。しかも優しい。
　本性を除けば欠点なんかあるのか？と思うくらい極上な男が、いったいなんで片想いなんかしてるの？
　意味がわからなくてじっと見つめれば、珍しく困った顔をされた。
「だからそれは君もだってば。多分、一緒にいすぎて向こうは俺のことお兄ちゃんくらいにしか思ってないから」
「……うわ、それマジでわかる」
　こいつ、本当に俺と同じ境遇じゃん。
「完全に優しいお兄ちゃんだと思われてるんだよ。俺がどんなことを考えてるかも知らずに」

「……俺たち、じつは似たもの同士かもね」
　どうやらこいつも同じことを思っていたらしく、くすりと笑われた。
　初めて見る、作り物ではない笑顔だったと思う。
「なぁ、その相手って年は？」
「同い年だよ」
「マジで？　俺も」
「ここまで来ると運命感じるね」
「まさか同じようなヤツがいるとは思わなかったわ」
　ものの数分前まで苦手意識しかなかったのに、今は親近感しかない。
　相手も同じことを思っているようで、いつしか俺たちはまかないを食べるのをやめ、話し始めていた。
「つーか、好きなやつがいるなら、なんで他の女に優しくすんの？」
「全然優しくしているつもりはないよ。楽だからそうしてるだけ。俺、その子以外は女とも思っていないから」
「お前……笑顔で毒吐くのな」
「毒っていうか……ほんとのことだしね。俺の幼なじみが天使としたら、他の女はゴミ……いや、さすがにそれは悪いか。んー……ハエって感じかな」
「……どっちも最低だろ……」
「君だってそうでしょ？」
「まあな」
　まさかこんな近くに、まったく同じことで悩んでいるヤ

ツがいるとは思わなかった。
　あっという間に意気投合し、２人でスタッフルームに居座っていた。
「俺たち気が合いそうだね。名前……なんだったっけ？」
「新城煌貴。お前は？」
「椎名京壱。改めてよろしくね」
　この日から、俺と京壱は友達と呼べる仲になった。
　シフトがかぶる日はもちろんのこと、休日に会うこともあった。
　適当な飲食店に入りすることといえば、お互いの想い人の話。
　今日もバイトが15時で終わり、メシがてら２人で話していた。
　最初に聞いたときも、京壱の愛はぶっ飛んでいると思ったが、こいつの幼なじみへの愛は、俺の想像を遥かに超えていた。
「俺の幼なじみはさ、とりあえず世界で１番可愛いことは間違いないんだけど、可愛さ余っていろいろおかしくなりそうなときがあるんだよね」
「……」
「もうどこに行っても注目を集めるっていうのかな……クソ男たちの注目の的になっちゃうから、そういうときはもう閉じ込めちゃおうかなって思うよ。ていうかそろそろ閉じ込めちゃいたいんだけど」
「……」

笑顔で話す京壱に、若干恐ろしさすら感じる。
　似た者同士とか思っていたのが、遠い昔のことのように思えた。
「まあ、さすがに高校までは通わせてあげるつもり。そのあとは専業主婦になって、俺以外の男の目に触れないようにするんだ」
「……」
「あー……楽しみだなぁ、乃々が俺だけのものになるのが。俺のためだけに生きて、俺のためだけに笑ってくれればいいんだ。俺も、乃々のためだけに生きていくから。ていうか、俺の世界は乃々でできているから当然なんだけど」
「……やっぱ、似た者同士は撤回」
　こいつヤバすぎ。
　俺でもそこまで病んでねーぞ。
「え？」
「俺とお前似てねーわ。こえーよ、お前」
「え、何が……？　今の話のどこらへんが怖かったの？」
「全部だよ‼　おかしいだろ‼」
　自覚がないところがますますヤバい……。
　こいつが将来幼なじみのことで犯罪を起こしても驚かなそうな自分がいて、ため息をついた。
「え？　そう……？　だって思わない？　この世で２人きりになりたいなーって。誰からも邪魔されないんだよ。相手が自分だけを見てくれるって理想でしょ？」
「……まあ、そこはわからないことはない……」

「ふっ、やっぱり俺たち気が合うよ」
「いや、お前のほうがかなりぶっ飛んでるけどな……」
「一緒にされても困るわ」と付け足して、アイスコーヒーを飲む。
ていうか、ここまで好きならとっとと告ればいいのに。
こいつに告白されたら、まあ断ることはないだろう。
いろいろ知ったうえでなら、怖がられて振られるかもしれないけど……。
俺だったら無理。受け止めきれねー。
「全然おかしくないと思うんだけどなー」
ホットコーヒーを口にしながら、不思議そうに俺を見てくる京壱。
こいつ……もう取り返しがつかないところまで来てんだろうな……。
「俺がおかしいんじゃなくて、乃々の可愛さがおかしいんだ。俺は普通だよ」
「……そっか」
もう反論しても無駄だろうと、俺は諦めの境地に入った。
ま、愛の形は人それぞれか。
こいつがその幼なじみのことをどれだけ大切に思ってるかが、充分伝わってくるし。
同じ片想い同士、応援はしている。
なんだかんだ、京壱とはいろんな価値観が合った。
正直同い年のダチと話していても、どことなく理解できないというか、考え方が浅く感じてしまって共感できない

部分があったけれど……。
　そういう意味で、こいつといると楽だった。
　話す内容は、９割好きな相手のことだけど。
　男２人で恋バナとかどうなんだよって思うけど、俺たちはお互いの片想いに助言し合いながら、スローな恋を進めようともがいていた。
「煌貴の相手は？　どんな子なの？」
「俺の幼なじみは世界一可愛い」
「随分盲目だね」
「……お前にだけは言われたくない」
「俺は盲目じゃないよ。だって、乃々が可愛いのは世界の
　理(ことわり)だからね」
「はいはい……」
　他愛のない会話をする休日。
　俺たちに春が来る、少し前の話。

【ＥＮＤ】

こうくんは素直＊side真由

　私の学校では、体育の時間は男女別に行動することになっている。
　今日は男子はバスケ、女子はバレーボールという振り分けになり、体育館で授業が行われていた。
「はぁ……疲れた……」
「ほんとよ。もう動きたくないわ」
　前半と後半に分けられた試合形式。
　私と夏海ちゃんは前半の試合を終え、外野に座った。
　同時に後半の試合が始まったようで、ピー！という甲高い笛の音が響く。
「待機組は20分くらい暇ね……」
「そうだね。ゆっくりしていよう」
　2人で壁にもたれながら、座って試合を眺める。
　ふと、隣のコートでプレーしている男子組を見た。
　あっ……こうくん。
　ちょうどこうくんがボールを持っているところで、目が離せなくなる。
　3人にマークされている……こうくん、頑張って……！
　そんな私の願いが届いたのか、こうくんはマークを払い、そのままシュートを放った。
　こうくんの手から離れたボールが、綺麗な円を描いてゴールネットに入る。

わっ……すごい……！
「新城ー!!　お前怪物かよ!!」
「なんであのマーク抜けられるの……意味わかんねー！」
「頼むからバスケ部に入ってくれよー!!」
　他の男の子たちがこうくんのもとに集まって、騒ぎ立てている様子が目に入る。
　ふふっ、こうくんは人気者だなぁ……。
　当の本人は鬱陶しそうだけど……あはは。
「なぁに〜？　熱い視線送っちゃってぇ〜」
　横からバシッと肩を叩かれ、びくりと反応してしまう。
「え！　あ、熱い視線なんて別にっ……」
　夏海ちゃんったら、絶対からかってる……！
　そう思い否定しようとしたときだった。
「うわ〜、やっぱり新城くんカッコいいねー！」
　少し離れたところにいた女子グループの１人の声が、私の耳に入ってきたのは。
　反射的に、ちらりとそちらに視線を向けてしまう。
　呟いた子の隣にいた人が、私を見て気まずそうにしているのが目に入った。
「ちょっ……あんた声大きいって！」
　もしかしたら私に聞こえたことを心配しているのかもしれない。
　え、えっと……。
　１人どうしようかと迷っていたら、隣から発せられた声。
「彼女の前でカッコいいとか言うなんて、神経疑うわ」

夏海ちゃんにも先ほどの言葉が聞こえていたのか、あからさまに相手に届く声量でそう言った。
　案の定聞こえてしまったらしく、気まずそうに目を伏せた女の子たち。
「な、夏海ちゃん……しっ！」
　あ、相手の子たち、困ってるよ……！
　私を心配してくれたのは嬉しいけど……これじゃ夏海ちゃんが悪者みたいになっちゃう。
　１人でオロオロしていると、なぜか女の子たちが私たちのほうへ歩み寄ってきた。
　え？
　も、もしかして怒らせちゃったっ……？
「あの……ご、ごめんなさい……」
　何を言われるんだろうと身構えた私に向けられたのは、謝罪の言葉だった。
　そ、そんな……謝る必要なんてないのに。
　確かにこうくんのことをカッコいいって言ってるのを聞いて、一瞬不安になっちゃったけど、別に私に何か言う権利はない。
　それに……。
「あ……あの、こちらこそごめんね……！　その、私は気にしてないっていうか……えっと、あの……こうくんがカッコいいのは誰が見てもそう感じると思うから、仕方ないよねっ……!!」
　こうくんを見てカッコいいと思うのは当然。自然の摂理

だもん……！
　何も悪くないよということを伝えようとしたのだけど、なぜか私の言葉を聞いて、目を点にする彼女たち。
「……え……あ、あの……」
　私、変なこと言っちゃったっ……？
　どうしよう……と、心配したのもつかの間、
「あ、ありがとう……！」
　女の子たちは感極まったような表情をして、頭を下げだした。
　あ、頭下げられるようなこと、してないのにっ……！
「あ……こ、こちらこそ……？」
　状況が読み込めず首を傾げる私に、女の子たちは前のめりで話し始める。
「あの、あたしたち彼氏いるし、新城くんのこと狙ってるとかじゃないの……！」
「うん……！　あの、アイドル的な存在っていうか……！」
　もしかして、気を遣わせちゃったかな……？
　それにしても、アイドルって……。
「そ、そっか……！」
　なんだか面白い……。
　無愛想なこうくんには不釣り合いな言葉に、ちょっぴり笑いそうになった。
「……花咲さんって、話したことないからどんな人だろうと思ってたけど……優しいんだね」
　……え？

急に目を輝かせた1人に、慌てて首を振る。
「や、優しくないよ……！」
 否定したのに、なぜか女の子たちは崇めるような目で私を見てきた。
「可愛いからもっと高飛車な子かと思ってた……怒られなくてよかった……！」
「た、高飛車……？」
 そんなイメージだったのかな、私……。
 もしかして、クラスの女の子たちがあんまり話しかけてこないのも、そのせい？
「あ、あの……よかったら、もっと近くで顔を見てもいいかな……？」
「……？　う、うんっ！」
 私の顔なんて見ても、何も面白くないのに……と思いながら、勢いで頷いてしまった。
 じーっと私の顔を見る女の子たちに、目が乾いてしまってパチパチと瞬きを繰り返す。
 な、何、この状況……。
「……うわ……マジで可愛いんだけど……」
「ヤバい……え？　スッピン？　なんでこんなにお肌ツヤツヤなの？」
「目、大きすぎない……？」
「近くで見ると余計にヤバいわ」
 口々に何か言っているけれど、ちょっとよくわからなかった。

マジで可愛い？　お肌？　そんなにツヤツヤでもないと思うけど……。
　ようやく見終わったのか、視線から解放された。
「ごめんね突然……！　あの、ずっと可愛いなって思ってて、話してみたかったの、あたしたち……！」
　……え？
　私、と……？
　可愛いという言葉は聞き間違えかもしれないけど、そんなふうに思ってくれていたなんて……。
　嬉しくて、自然と頬が緩んでしまう。
　正直、嫌われているかと思ってた……。
　昔から、女の子から話しかけられることは少なかったし、こうくんの幼なじみだということで、邪険にされることもあった。
　次第に自分から話しかけることも怖くなり、クラスでも話す人は夏海ちゃんくらいだったけど……。
「えへへ……私も、みんなと話せて嬉しいっ」
　そっか……話しかけても、いいんだっ……。
「ヤバい、あたし女なのにドキドキしてきたんだけど……」
「わかる。なんか無性に守りたくなるよね」
「こりゃ新城くんも落ちるわ」
「女のあたしでも落とされそうだもん、ヤバい」
　どういうこと……？
　口々に何か言っている女の子たちに、首を傾げる。
「え、えっと……」

「おい、何やってんのお前ら」
　……え？
　背後から声がして振り返ろうとしたら、それより先に肩に手を置かれた。
　こうくん……？
　隣に来たのは、試合をしているはずのこうくん。
　こうくんは鋭い目つきで女の子たちを睨みつけ、私の肩を抱いた。
「寄ってたかって集まって、真由のこといじめたりしたらブッ殺すぞ」
　どうやら、大きな勘違いをしているらしい。
　女の子たちが怯えたように眉の端を垂れていたので、私は慌てて否定した。
「ち、違うよ、こうくん……！　みんな私に話しかけてくれただけなのっ。楽しく話していただけだよ」
　心配してくれるのは嬉しいけれど、みんないい人たちだからっ……！
「本当に？　変なことされてねーか？」
「されてないよ……！　みんな優しいよ！」
「……ならいい。……急に悪かったな」
　誤解は解けたようで、こうくんは申し訳なさそうに女の子たちに謝ってくれた。
　ふぅ……よかった。
「おい新城ー！　早く戻ってこい！　お前がいないと点数が開くから!!」

向こう側で、こうくんのチームメイトが叫んでいる。
けれど、こうくんは戻る気はないらしく、私の肩を抱いたまま壁側に座り込んだ。
「もう俺パス。疲れた」
「嘘つけ！　お前体力オバケだろーが!!」
確かに、疲れているようには見えない……ははっ……。
こうくんが抜けたことで試合が中断してしまっているらしく、1人でおろおろと男の子たちのほうを見る。
「こうくん、みんな困ってるよ？」
も、戻らなくていいの……？
「もう充分点入れたしいいだろ。それより真由と一緒にいたいし」
……っ。
恥ずかしげもなくそう言って、不敵な笑みを浮かべるこうくん。
そんなふうに言ってくれるのは嬉しい、けれど……。
私のほうに、救いを求める目を向けてくる男の子たち。
どうやら本当にこうくんの力が必要らしく、女の私にはわからない真剣勝負が行われているらしい。
私も一緒にいられるなら、一緒にいたいけど……今は、向こうを優先したほうがいいんじゃないかなっ……？
お、男の子たちとの付き合いもあるだろうし……。
んー……よし！
こんな褒め言葉で、こうくんのやる気を出せるとは思わないけれど……ものは試しだっ……！

「こうくん、さっきカッコよかったなぁ……バスケやってる姿、もっと見たいなっ……!」
「行ってくる」
　……あ、いけた……。
　あっさりと了承(りょうしょう)してくれたこうくんは、即座にスタッと立ち上がって、準備をするように首をぐるっと回した。
「ちゃんと見てて、俺のこと」
　そう言って、バスケのコートに戻っていったこうくん。
　すっごく素直……なんだか可愛いっ……。
　1人試合に戻ったこうくんを、じっと見つめている私の隣で……。
「新城くんって、もしかしてめちゃくちゃ単純?」
「ていうか、花咲さんが手懐(てなづ)けすぎ」
　そんな会話が繰り広げられていたなんて、知る由もなかった。
　私の隣に座った夏海ちゃんが、盛大なため息をこぼす。
「あいつほんと単純っていうかアホね」
「ふふっ、一緒に応援しよう」
　私の言葉ひとつで動いてくれるこうくんが、たまらなく愛しかった話。

【END】

俺の彼女が可愛すぎる。＊side煌貴

　俺の彼女は可愛い。
　もう世界の理のようなもので、100人が見れば100人が可愛いと口をそろえて言うだろう。
「うー……寒いよぉ……」
　学校が終わった下校中。
　真由は手をすり合わせて、はぁっと白い息を吐いた。
　季節は秋。本格的に涼しくなり始めた10月の中旬に、カーディガンだけでは寒いだろう。
「明日からブレザーにしよう……」
「ん、そうしたほうがいいな」
　返事をしつつ、俺は自分のブレザーを脱いだ。
　それを真由の肩にかける。
「着とけよ。風邪ひいたら大変だし」
　そろそろ寒くなりそうだと思い、ブレザーを着てきてよかった。
　脱いだらさすがに寒いけど……真由が風邪をひくほうが困る。
「えっ……でも、こうくんが寒くなっちゃう……！」
「俺は平気。その代わり……手、温めて」
　そっと手を繋ぎ、ニヤリと笑った。
　真由の手は想像していたよりも温かくて、繋いだ手から伝わる温もりに、全身が温められていくような気がした。

「こ、こんなので平気……？　寒くない……？」
「平気だって。真由は？　ちょっとはマシになった？」
　そう聞けば、ふわりと微笑んで俺のブレザーをぎゅっと握った真由。
「うんっ……すごくあったかい。ありがとうっ……！」
　その笑顔が可愛すぎて、胸の奥が苦しくなった。
　あー……マジで、ブレザー着てきてよかったわ……。

「それじゃあまた明日っ」
「うん、バイバイ」
　真由と別れて、自分の家に入る。
　はー……今日も可愛かった。
　５月10日から付き合い始めてもうすぐ半年になるけれど、まだ夢みたいだと思う。
　あの真由が俺の恋人なんて……ほんと、幸せすぎる。
　部屋に入るなりカバンを下ろして、数学の教科書を取り出した。
　ちゃっちゃと宿題終わらせよ……。
　今日は18時からバイトがあるから、それまでにやることを終わらせておきたい。
　やることは全部先にすませておきたい派だし、そろそろ全国模試もあるから本格的に勉強しないとな。
　勉強は別に好きじゃないが、中学に上がって以来首席から落ちたことはない。
　これも全部、真由にカッコいいところを見せたいから。

それだけの理由で、勉強もスポーツもバイトも、手を抜かずに頑張ってきた。
　これからもそれは変わらないし、付き合えたからと言って努力を惜しむつもりはない。
　いい大学に入っていい企業に就職して、真由に苦労なんてひとつもさせない生活をできるようにする。
　そのためなら、こんな努力は苦でもなんでもない。
「終わった……あ、そういや……」
　宿題が終わり教科書を閉じたとき、昼休みのことを思い出した。
　バスケ部からまた助っ人を頼まれていたんだった……。
　たまに、土日は部活の助っ人に駆り出される。
　特にバスケ部はしつこくて、よく声をかけられていた。
　前までは結構断っていたけれど……真由が、スポーツをしてるときの俺が好きだと言って応援に来てくれるようになってからは、１回も断ったことがなかった。
　次の試合は来てくれるだろうか……まあ、真由が来ないなら俺も参加しないけど。
　何日だったっけ？と思い、プリントを探す。
　……あ、ブレザーに入れたような……って、ブレザー真由に貸したままだった。
　別に明日でもいいけど……俺のブレザーがあっても邪魔なだけだよな……。
　せっかく会いに行く口実ができたんだし、使わせてもらおう。

バイトに行くまであと40分くらいあるし。
家を出て、真由の家の玄関に向かう。
インターホンを押すと、すぐに声が返ってきた。
『はーい!』
あれ? 真由のお母さん……?
この時間帯にいるのは珍しいな……今日は休みなのか。
「こんにちは、煌貴です。真由はいますか?」
『あら煌貴くん? 久しぶりねー! 真由は部屋にいるから、どうぞあがって!!』
「ありがとうございます」
遠慮(えんりょ)なく入らせてもらうと、キッチンで真由のお母さんがご飯を作っていた。
和食のいい匂いがして、食欲が湧いてくる。
「おじゃまします。急にすみません」
「そんなかしこまらなくていいのよ〜! 家族みたいなもんなんだから! 真由ってば帰ってきて部屋に行ってから、ずっとこもっているの。多分寝てると思うから、叩き起こしちゃって!」
寝てるのか……?
そういえば、昨日怖い番組を見て眠れなかったって言ってたな……。
寝ていたらまた明日にしよう。
起こすのはかわいそうだし、自分のものとはいえ、勝手に取って帰るのもなんだか気がひける。
階段をのぼって真由の部屋に向かい、コンコンコン、と

控えめにノックした。
　返事がなかったので、ゆっくりとドアを開ける。
　……え？
　視界に映った真由の姿に、一瞬思考が停止した。
　……寝てる。
　ベッドに寝転びながら、制服のまま眠っている真由。
　すやすやと気持ちよさそうな寝顔は可愛くて……って、そうじゃなくて……。
　……なんで俺のブレザー抱きしめながら寝てるの……？
　羽織るようにブレザーを着て、ぎゅっと丸まって寝ている真由。
　着たまま寝てしまったということではなく、意図的に羽織っているように見えるその姿。
　俺は若干混乱状態に陥って、とりあえずそっと真由のほうに近づいた。
　……うん、俺のブレザーだわ。
　これはいったい、どうすればいいんだ……？
　ていうか、どういう状況……？
「……んん……」
　じっと見つめていると、真由が小さく声を漏らした。
　起こしてしまったかと焦ったが、どうやら起きる気配はなさそう。
　だが、真由は小さく口を開いて、寝言をこぼした。
「……ふふっ、こう、くん……だいすき……」
　……。

……何、この可愛い生き物……。
　鏡を見なくとも、自分の顔が赤く染まっているとわかる。
　きっと、だらしない顔をしているに違いない。
　でも……これは真由が悪いだろ。
　俺のブレザー抱きしめながら俺の名前を呼ぶとか……。
　プツリと頭の中で鳴り響いた音は、俺の理性が切れた音。
　あまりの可愛さに、理性が吹っ飛んだ。
　吸い込まれるように近づいて、小さな唇に自分のそれを押しつけた。
　触れるだけのキスなんかで我慢できるはずがなく、貪るように唇を味わう。
　すると、ピクリと真由の身体が揺れた。
　どうやら、目が覚めたらしい。
「……っ、え？　こうく、なんで……んんっ」
　言葉を紡ぐ暇さえ与えず、キスを深めていく。
　最初こそ戸惑っていた真由だが、次第に俺の舌の動きに合わせて応えるように受け入れてくれた。
　あー……クソ、マジでなんだこれ。
　愛しくてどうしようもない……可愛すぎるのにもほどがあるだろ。
「はぁ、はっ……」
「……おはよ」
　真由が苦しそうに胸を叩いてきて、なんとか理性を取り戻した。
　唇を離した真由は、頬を赤く染め、目をとろんとさせな

がら俺を見つめてくる。
　その姿にまた煽られて、ゴクリと喉を鳴らした。
「何その顔。誘ってんの？」
「さ、誘っ……違うよ！　ど、どうしてここに……ていうか、急にキ、キスなんて……」
「ブレザーにプリントを入れてたの思い出して取りに来たんだけど、真由が俺の服着たまま寝てたから欲情した」
「……っ、こ、これはっ……」
　ようやく自分の置かれた状況に気づいたのか、さらに顔を赤く染める真由。
　何か言いたげに口をパクパクしていて、その可愛さに我慢できず触れるだけのキスをした。
「……ま、またっ……！」
「真由が可愛いのが悪いと思うんだけど……」
「か、かわっ……」
　あたふたして……あーもうなんでこんな可愛い反応しかできないんだろう。
「あの……ブレザー着たまま寝ちゃってごめん、なさい」
「え？　いや、謝らなくていいし。びっくりしたけど……」
　シワになることを気にしているんだろうか？　そんなことはどうでもいいのに。
　真由は困ったように眉をハの字に下げて、俺を見つめてくる。
　恥ずかしそうに黙り込んだあと、ゆっくりと口を開いた。
「あの……返しに行こうって思ったんだけどね……こうく

んの匂い、なんだかすっごく安心、して……」
「え?」
「ぎゅって抱きしめたら……こうくんに抱きしめられてるような気になって……」
「……」
「安心して……いつの間にか寝ちゃってたの……ご、ごめんねっ……?」
「……真由」
「……?」
「もうダメだ、俺」
「……へ? わっ……!」
　真由をそっとベッドに押し倒して、包み込むように片手を頬に添えた。
「可愛いこと言いすぎ。煽った責任取って」
　戸惑っている真由の返事も聞かず、自分の唇を押しつけるように重ねた。
　あー……バイト休みたい。
　愛しい恋人を可愛がりながら、心底そう思った。

【END】

半年記念日

【side真由】

　最近、こうくんの様子がおかしい。
　何がおかしいかと具体的に問われると、説明しづらいけれど……とにかくおかしい。
　おかしいことその１。
「こうくん、今日私の家でDVD観ない？　ずっと気になっていた映画が発売されたの……！」
　学校の帰り道。
　いつものようにそう聞けば、こうくんはバツが悪そうに眉の端を下げた。
「あー……ごめん。今日バイト入ってて……悪い」
　最近頻繁にバイトを入れている。
　今までは週１、２回程度だったのに、最近は週５くらいでシフトを組んでいる。
　おかしいことその２。
「ふわぁ……眠い……」
　学校で、いつも眠そうにしている。
　そして……。
「あっ……こうくんおかえり！　バイトお疲れさま……！」
　コンビニから帰る途中、たまたま帰宅途中のこうくんと出くわした。

「真由……こんな時間に外を出歩いたら危ないって。一緒に帰ろ」

　心配そうにしながらこちらに近づいてきて、手をぎゅっと握られる。

　そのとき、こうくんからふわりと、女性ものの香水の匂いがした。

「……っ」

　おかしいことその３。

　多分こうくんは、私に嘘をついてる。

　飲食店のバイトで……こんなに香水の匂いが移ることなんて、あるの……？

　この前も、バイトに行くと言いながらきちっとした服を着ていっていたり、とにかく最近のこうくんには不可解な行動が多すぎる。

「真由？　どうした？」

「う、ううんっ、なんでもない……！」

　心配そうに私を見つめてくるこうくんに慌てて返事をして、２人並んで帰り道を歩く。

　その間もずっと、ただよってくる別の女の人の香りが、私の鼻腔をかすめていた。

　こうくんの様子がおかしくなって２週間くらいが経った日曜日。

　今日もこうくんはバイトらしく、私はとある人と駅で待ち合わせをしていた。

待ち合わせ場所に着くと、すでにその人の姿があった。
「莉子ちゃん……！　お待たせっ……！」
　走って近づいていくと、同じように笑顔で駆け寄ってきてくれる莉子ちゃん。
　相変わらず、今日もとっても可愛い。
「真由ちゃーん……！　久しぶりっ！」
　再会のハグをして喜び合った。
「急にごめんね……わざわざ来てくれてありがとう……！」
「そんなことはいいよ！　さ、行こっか！」
　そう言って、２人で歩き始める。
　今日誘ったのは、私のほうだ。
「急に毛糸の種類を教えてほしいなんて、何かあったの？」
　莉子ちゃんの質問に、そっと答える。
「あ……あのね、もうすぐ半年記念日なの……」
　来週の土曜日。私とこうくんは、付き合って半年になる。
　まだその日に会う約束もしておらず、こうくんからは何も言われていないから、もしかするとこうくんは忘れているかもしれない……。
　最近、忙しそうだし……。
　でも、プレゼントくらいは渡したい。
　こうくんはいつも私を喜ばせてくれるから……半年記念日には、私が何か用意したいと思っていた。
「それで、いっぱい考えたんだけど、手編みのマフラーにしようと思って……」
　莉子ちゃんは手芸が得意。私もマフラーくらいなら編め

るけど、毛糸の種類など、材料については無知だった。
　だから、今日は莉子ちゃんにいろいろ教えてもらおうと思ってお願いしたんだ。
「わーっ、素敵……！　きっと喜んでくれるよ！　それじゃあ、今日ははりきって買い物しなきゃだね！」
「うんっ……！」
　笑顔で頷いて、お店までの道のりを歩いた。

「毛糸ってあんなにたくさん種類があるんだね……！　知らなかった！」
「気に入ったのが買えてよかったね！」
　莉子ちゃんのおかげでいい買い物ができ大満足。
「うん！　莉子ちゃんのおかげだよ……！　ありがとう！」
　お店を出て、ブラブラと歩いていた。
　あ、そうだ！
「どこかカフェにでも入って休憩しない？」
　今日は私の都合で付き合わせちゃったから、何かご馳走させてほしい……！
「そうだね！」
　2人で駅の周りをウロウロしながらカフェを探した。
　すぐ前によさそうなお店を見つけて、指を差す。
「ここにでも……え？」
　ガラス越しに見えた店内の光景に、私は自分の目を疑ってしまう。
　こう、くん……？

どうして……女の子と、いるの……？
衝撃が強すぎて、頭がついていかない。
今日は……バイトだって、言っていたのに……。
窓際の席に座る、こうくんと女の子を見て立ち尽くす。
相手の女の子は、嬉しそうに頬を染めて話していた。
女の子が苦手なはずのこうくんも、すごく楽しそうに話していて……。
——ズキンと胸に痛みを感じた。
どうして……嘘、ついたの？
その女の子……誰？
「真由ちゃん？　どうしたの？」
「っ、あ……」
莉子ちゃんの声に、ハッと我にかえる。
言葉が出てこなくて何も言えない私を見て、莉子ちゃんも店内を覗き込むように見た。
「あれって……幼なじみさん？」
莉子ちゃんも気づいたようで、こくりと首を縦に振る。
「……聞きに行く？」
「え？」
「相手の人……気になるよね……？」
聞きに行くって……店内に入って？
こうくんに直接……聞くの？
……それは……できない。
怖いっ……。
真実を知るのも、何もかもが怖い。

涙が溢れそうになって、下唇をきゅっと噛む。
　そんな私を見て、莉子ちゃんはなぜか首を縦に振った。
「よーし、別のお店に行こうっ！　私イチゴタルトが美味しいお店知ってるよ！　レッツゴー！」
　何も言っていないのに……莉子ちゃんは私の気持ちを察してくれたのか、手を握って歩きだした。
　……ああ、すごく、救われた。
　今莉子ちゃんがいなかったらきっと……泣きながら、この場に立ち尽くしていたことだろう。
「ごめんね、莉子ちゃん……」
　気を遣わせてしまって……。
「謝る必要なんてないよ。私はいつだって、真由ちゃんの味方だから」
　心が苦しくて悲鳴をあげる中、莉子ちゃんのその言葉が胸に響いた。
　ありがとう……。
　心の中で何度もそう呟いて、少しだけ溢れた涙を拭った。

　その日の夜。
　帰ってきたあと、私はぼうっとベッドに寝転んだ。
　あれは……なんだったんだろう。
　相手の女の子……すっごく可愛い子だったな……。
　目を奪われるほど綺麗な容姿をしていて、今も頭から離れない。
　こうくんはもしかして……あの子を好きに、なってし

まったのかな……？
　でも……あんなに綺麗な子なら、納得がいってしまう。
　こうくんが私のことを大事にしてくれてるのは充分わかっているけれど……。
　でも、最近のおかしな行動を考えたら、そう結論づけることしかできなかった。
　ダメだ……泣きそう……っ。
　流れそうになった涙を、必死にこらえる。
　そのとき、スマホが着信を知らせる音を響かせた。
　誰だろう……って、こうくん……？
　画面に映った文字に驚きながらも、意を決して通話ボタンを押す。
「もしもし」
『あ、真由？　今電話平気？』
　いつも通りのこうくんの声が聞こえた。
　それだけなのに、涙がスッと頬を伝う。
「うんっ……平気だよ」
　泣いているのがバレないように、胸の内を悟られないように、必死に平静を装う。
『よかった。あのさ、来週の土日って空いてる？』
「うん、空いてるよ」
　だって、その日は記念日だもん。
　こうくんは忘れているかもしれないけど……私たち、付き合い始めてもう半年が過ぎたんだよ。
『遊園地のチケットがあるんだけど、一緒に行かない？』

普通なら喜ぶその誘いが、なんだかすごく残酷なものに感じた。
　こうくんはきっと、その日が半年記念日なんて……もう忘れちゃったんだ。
「うん、行きたい……！」
　明るい声色を必死に保ち、張り裂けそうな胸を押さえた。
『それじゃあ週末空けといて。土曜に迎えに行く』
「うん、わかった！」
『ん、おやすみ』
「おやすみ」と同じ言葉を返して、急いで通話を切った。
　我慢していたものが溢れ出て、止まらなくなる。
　どうして誘ってくれたのか、こうくんの本心はわからないけど、もしかして……。
「最後のデート、とか……？」
　言葉に出してみると、それが確信へと変わるようだった。
　すごく楽しみにしていたのに。
　こうくんと迎えられる記念日も、この先迎えられるはずだと思っていた２人の時間も……。
　これが最後かと思うと、いろんな感情が一気に溢れ出して、私は声を押し殺すように泣いた。

【side煌貴】

「あと３日、か……」
　スマホのカレンダーを見ながら、迫るその日のことを考

える。
　11月10日。
　その日は真由と付き合って半年になる記念日だ。
　この日のために、念入りに準備をした。
　バイトを詰め込んで金を貯め、プレゼントを用意し、サプライズにホテルでのディナーの予約まで、真由が喜ぶことをひたすら考えて計画したんだ。
　一応泊まるホテルの部屋も予約しており、真由の母さんへの許可も取っている。
　下心がない……といえば嘘になるかもしれないが、単純に記念日は夜まで一緒にいたいから、帰したくないという気持ちが大きい。
　部屋も真由が好きそうな雰囲気の場所にしたし、準備は万端。
「真由が喜んでくれたらいいけど……」
　期待半分、不安半分。
　一大イベントを前に、ふぅ……と息を吐いた。
　——プルルルル。
　ん？　誰だ？……って、京壱？
「もしもし？」
『もしもし煌貴？　準備は順調？』
　スマホ越しに聞こえる京壱の声に、ふっと笑みをこぼす。
「おー、おかげさまで。この前は付き合わせて悪かったな」
　この前とは、先週の日曜のことだ。
　プレゼント選びに迷っていた俺に、京壱とその彼女が付

き合ってくれた。
　女の意見があったほうが助かるという理由があって、日曜は２人を連れ回してしまった。
『本当だよ。俺と乃々の時間を邪魔するなんて……他の男だったらぶっ殺していたところ』
「本気のトーンで言うなって……」
　相変わらず、ヤンデレは健在だな。
『俺の彼女可愛かったでしょ？　惚れたりしてないよね？』
「ありえないって言ってんじゃん。つーかもう顔まで覚えてねーよ」
『……それはそれでなんかムカつくね』
「お前面倒くさすぎ……」
　ため息をつきたくなったが、まあ付き合わせたのは俺だし、ここは我慢しよう。
　……あ、そーだ。
「付き合ってもらった代わりに、いいこと教えてやるよ」
『いいこと？』
　不思議そうにそう復唱する京壱に、俺はあの日あったことをそのまま口にした。
　買い物を終えて、カフェに入ったときのことだ。
「お前に電話がきて1回席外したじゃん？　そのときお前の彼女から、普段京壱とどんな話するんですかーって聞かれて……」
「……」
「惚気ばっかされるよって言ったら、めちゃくちゃ嬉しそ

うな顔してたぞ」
　正直、意外だった。
　京壱からの話によると、ほとんど京壱の一方通行みたいな関係を想像してたけど……こいつも、結構愛されているらしい。
　京壱の彼女は本当に嬉しそうな顔をしていたし、幸せオーラ全開って感じだった。
『……その顔を見て可愛いとか思ったの？』
　何を思ったのか、面倒くさい質問が飛んでくる。
　ありえない。つーかまだそんなこと聞いてくんのかよ。
　俺は真由しか見えてないって、何回言ったら理解すんだよ、こいつは。
「思ってねーって。ただ、お前もめちゃくちゃ愛されてんだなーって思ったんだよ」
『……そ』
　……お？
　これはちょっと想定外。
「おいおい、照れすぎだろ」
　喜ぶだろうなとは思ったけど、マジ照れするとは思わなかった。
　つーか、こいつも照れたりすんのかよ。
『うるさいな。もう切るよ、バイバイ』
　よっぽど恥ずかしかったのか、少し不機嫌な口調でそう言った京壱。
　でも俺は、その中に喜びを隠せないような声色を見つけ、

くすりと笑った。
「ふっ、またな」
　バカップルかよ……ま、お幸せに。
　切れた通話画面を見ながら、真由の顔が脳裏をよぎる。
「半年か……」
　短かったようで長かったようで短かった。
　いや、どっちだよ……まあ、1つだけ言えるのは……。
　真由と付き合い始めてから俺は、間違いなく世界一幸せな男になったってことだ。
　記念すべき半年を盛大に祝うべく計画してきたけれど、これは1つの節目にすぎない。
　俺と真由は……ずっと一緒にいるんだから。
　この先も、ずっと。

　やってきた記念日当日。
　朝早く起き、支度も完璧にすませた。
　今日が真由にとって最高の日になるよう、抜かりなく努めよう。
　真由が喜んでくれるなら、俺にとっても最高の日になる。
　家を出て、真由の家のインターホンを鳴らす。
『はーいっ！』
「真由、俺」
『こうくん！　ちょっと待ってね……！』
　明るい声が聞こえ、すでに頬が緩みそうになった。
「お待たせ、こうくんっ……！」

すぐに出てきた真由。
その姿に、俺は一瞬何も言えず固まってしまった。
「……こうくん？」
……か、わいい。
最近では私服も見慣れたが、今日は一段と可愛い。
ピンクのワンピースに、白のコート。
髪型はハーフアップで、髪を結んでいるリボンと耳につけられたイヤリングがひらひらと揺れている。
顔も少しメイクをしているのか、今日の真由をひと言で表すなら可愛さの暴力だった。
あー……ヤバい、にやける。
つーか……可愛くて嬉しいけど……他の男に見せたくねーな……。
「……その服、すっげー似合ってる。可愛い……」
素直に感想を言えば、真由は一瞬驚いた表情をしたあと、頬をへにゃっと緩めた。
「……えへへ……ありがとうっ……」
……マジで暴力的な可愛さだ……これは……。
あまりの可愛さに思わずスッと視線を逸らす。
落ち着け……抱きしめたいとか思ってんじゃねーよ、俺。
2人きりになるまでは、そういうの全部我慢……。
なんとか平静を取り戻し、そっと手を握る。
「行くか」
「うん！」
笑顔で頷く真由を見て、俺まで嬉しくなった。

どうやら真由も、今日を楽しみにしてくれていたらしい。
いつもよりうきうきしているし……でも……。
　──無理に笑っているように見えた気がする。
　……いや、気のせいだよな。
　俺はそう結論づけ、このとき真由がどんな気持ちで俺の隣にいるのか、気づいてやることができなかった。
「わぁっ……すごい！　やっぱり広ーい！」
　遊園地に着いて、真由が目を輝かせた。
「久しぶりだな、ここに来るの」
「うんっ！　小学生以来だもんね……！」
　子供のようにはしゃぎながら、アトラクションを見ている真由。
　ふっ……かわい。
「今日は乗りたいの全部乗ろうな」
　俺の言葉に、真由は笑顔で頷いた。

　施設内のアトラクションをほぼ制覇したころには、もう空に夕日が浮かんでいた。
　そろそろ移動するか……ホテルまではタクシーで15分くらいかかるし、真由も腹が空いた頃だろう。
「こうくん、最後にあれ乗らない？」
　くいっと俺の服の袖を引っ張り、１点を指さした真由。
「観覧車？」
　どうやらずっと気になっていたらしく、笑顔で真由の頭を撫でる。

「うん、行くか」
 まだ時間には少し余裕があるし、真由が乗りたいって言うなら断る理由がない。
「カップル様はこちらのハートのゴンドラへどうぞ〜」
 スタッフに案内され、特別なゴンドラへと誘導された。
「ハート型のゴンドラって、なんだかすごいね……！」
「だな」
 ゴンドラに乗り、楽しそうに外を眺める真由を見て顔が緩む。
「綺麗な景色……！　すごーい！」
 観覧車でこんなにはしゃぐなんて、可愛すぎじゃないか。
 ここまで喜んでもらえたら、俺も計画を立てた甲斐(かい)があった。
「こうくん……今日はありがとう！　すっごく楽しかった！」
 それは俺のセリフだと思いながら、首を縦に振る。
 窓から入る夕日が反射して、真由の美しさがより際立って見えた。
「……真由」
 そっと手を伸ばし、真由と視線を合わす。
 ずっと我慢していた口づけをしようと顔を近づけたとき、強い力で身体を押された。
　……え？
「……っ」
 真由……？

目を開けて飛び込んできたのは、今にも泣きそうな真由の顔。
　キスを拒まれたことと真由の表情に、頭が軽くパニックを起こす。
「……あっ……ご、ごめんなさ……」
　いったい、どうしたんだろう。
「真由？　……なんで、泣いて……」
　ポロポロと涙を流す真由の姿に、俺は言葉を失った。
　なんでだ？　キスが、嫌だった……？
　いや、そんなことで泣くか？
　わからない。今日は真由の笑顔だけが見られると思っていたのに。
　笑ってほしかったのに……俺は、どこで間違えた？
　困惑して見つめることしかできない俺から、真由が目を逸らした。
　俯きながら、震える声で必死に言葉を紡ぐ真由。
「あ、あの……観覧車の頂上でキスしたカップルは……ずっと一緒にいられるんだって……」
　どういう、こと？
「だから、こうくんと乗りたいなって、ずっと思ってたんだけど……」
　そこまで言って、真由は一度言葉を呑み込んだ。
　再び開かれた唇から溢れた言葉に……。
「……こうくんがずっと一緒にいる人が、私でいいのかなって……思って……こんなの私のエゴだよね……」

俺はもう、何もわからなかった。
「真由、なに言ってんの?」
　エゴ?　俺がずっと一緒にいる人って……そんなの、真由以外にいるはずがない。
　どういう意味だ?
　真由の言葉の真意が、いくら考えてもわからない。
「こっち向いて真由。……俺、なんかしたか?」
　頬に手を添えそう聞けば、真由はさらに泣き始める。
　俺は、なんて顔をさせているんだろう。
　しかも、その理由がわからないなんて……最低だ。
「泣かなくていいから。な?　どうした?」
　とにかく泣きやんでほしくて、悲しい顔は見たくなくて、頬や頭をこれでもかと優しく撫でる。
　真由は言葉がまとまったのか、俺のほうをじっと見て、ゆっくりと口を開いた。
「す、き……」
　いったい何を言われるんだろうかと恐怖心すら抱いた俺の耳に届いたのは、そんな愛の言葉。
　別れたいとか言われたらどうしようと身構えたのに、ますます頭が混乱する。
「こうくんが、大好きっ……だから……他の子のとこ、行っちゃ、ヤダっ……」
「……っ、え?」
　泣きながらぎゅうっと抱きついてきた真由に、困惑の声が漏れた。

なんだよ、その……夢みたいな言葉、は……。
　不謹慎なのは認めるが、真由のそのセリフに心臓が跳ね上がる。
　大好き……とか。……俺が他の女のとこなんかに行くはずないだろ……？
「悪い……意味がわからないっていうか……なんのこと？」
　いったい何を勘違いしてるんだ……？
「俺は真由以外の女なんてどうでもいいし、そんな心配必要ない」
　安心させてやりたくて、包み込むように優しく抱きしめ返す。
　俺の胸の中で、真由は泣きじゃくりながらも少しずつ話してくれた。
「こうくん……この前、女の人の香水の匂い……っ、駅で、女の子とカフェにいたのも、見ちゃっ、た……今日のことも……忘れてるのか、な、って……」
　その言葉に思い当たる節しかなく、自分の詰めの甘さに気づいた。
　カフェは、京壱の彼女のことか。
　まさかあそこに真由もいたとは……ていうか、タイミングも最悪だったんだな。
　今日も俺が記念日だって口にしなかったから、忘れられていると思わせたのか。
「よしよし、大丈夫だから。泣かなくていいから、落ち着いて」

自分の不甲斐なさを恨みながらも、子供みたいに泣きじゃくる胸の中の恋人が愛しい。
「真由、泣くなって」
　泣く理由なんか、１個もないから。
「……ごめん、そんなに不安な思いをさせていたなんて気づかなかった……ごめんな」
　とにかく謝りたくて、耳元で謝罪の言葉を吐いた。
　真由を抱きしめたまま、カバンから１つの箱を取り出し。
「香水の匂いしたのは……これを選びに行っていたからだと思う」
　小さな箱を、真由の手に乗せた。
「……こ、れ？」
「今日のこと……忘れるわけないだろ。可愛くて仕方ない真由と付き合ってから、半年が経った記念日なのに」
「え……」
「ほんとはサプライズにしたかったんだよ。だから、隠れて用意してたんだけど……逆に不安にさせるようなことになって、本当にごめん。……それ、開けてみて」
　そう言うと、真由は素直に箱を開けた。
　中身は、女物の香水。
「真由、香水にちょっと興味あるって言ってただろ？　でも、匂いがきついのは苦手だって言ってたから……何軒も回って探したんだ。これ、プレゼント」
「……っ」
「女とカフェにいたっていうのも、ほんとはもう１人男が

いたんだ。多分あいつが席を外したときに、たまたま居合わせたんだと思うんだけど、あの女は友達の女。……で、半年の記念日にサプライズしたいんだけどって相談に乗ってもらっていたっていうか……」

　真由の不安を取り除きたくて必死に言葉を並べたけど、やけに言い訳くさくなってしまう。
「うわ……俺、ダサいな……ごめん。ほんとごめん……」
　何がサプライズだ。こんなカッコ悪いサプライズ、あってたまるか。
　無性に恥ずかしくなってきて、自分の口元を手で覆った。
　あー……カッコつかねぇ……。
「あの……それじゃあ……」
「ん？」
「わ、私と……別れようとか、言わない……っ？」
　ああやっぱり、そこまで考えさせてしまったのかと思い、胸が痛くなる。
「言うわけないだろ。死んでも離してやらないって」
　再び華奢な身体を抱き寄せ、逃がさないという気持ちを込めてぎゅっと力を入れた。
　小さな手が、それに応えるように抱きしめ返してくれる。
「こ、こうくん……ごめん、なさいっ……本当にごめんなさいっ……」
　誤解が解けたのか、真由は何度も「ごめんなさい」を繰り返した。
　俺のほうこそ……っていうか、謝るのは完全に俺のほう。

「謝らなくていいって。……つーか、不謹慎って思われるかもしれないけどさ……真由がそんなふうに嫉妬してくれて、俺としてはすげー嬉しい」

　正直な気持ちを口にして、さらに強く抱きしめた。
「俺が他の女のところに行くと思ったら、怖かったってことだろ？」

　本当にさっきの真由の言葉が、死ぬほど嬉しかった。

　ここまで不安にさせてしまったことは申し訳ないけど、こんな夢のような言葉を聞けるなんて思っていなかった。
「ど、どうしようって……たくさん考えたっ……でもきっと私……こうくんに別れようって言われても、いいよ、って……言ってあげられないっ……」

　真由の口からこぼれる言葉が、さらに俺を幸せにする。
「私だけのこうくんで、いてほしいっ……」

　あー、今日は真由を喜ばせる日のはずなのに。

　なんで俺のほうが、こんな幸せになってんだろ。
「当たり前。俺は全部真由のもの。……はぁ……マジで可愛い……」

　愛しいという気持ちがもう沸点まで達し、処理できない。

　可愛い、愛しい、好き、大好き。その言葉たちが、俺の頭の中を埋め尽くした。
「真由。好き……死ぬほど好き。だから、真由が不安に思うことなんか1個もない」

　俺がどれだけ真由を好きか、頭の中を見せてやれればいいのに。

そんなことをしたら、逆に引かれそうだけど……それくらい、俺が他の女のところに行くなんてことはありえない。
　　真由を好きなのが俺で、俺の世界は真由一色。
「これからはもっと、バレないようにサプライズするから」
　　身体をそっと離し、顔を見ながら笑った。
「……ふふっ」
　　どうやら真由も涙が止まったのか、ようやく笑みを見せてくれる。
　　安心したのもつかの間……突然また真由の瞳から、大粒の涙が溢れ出した。
「って、どうしたっ……！　またなんで泣いて……！」
　　俺、またダメなこと言ったか……？
「あ、安心したら……止まらなく、って……っ」
　　……っ。クソ……もう何。
　　ほんとどうかしてるだろ、なんでそんなに可愛いことしか言えないんだろう。
「あーもう……ほんと可愛すぎ。泣きやむまでこうしているから、いっぱい泣いていいよ。観覧車もう１周するか？」
　　もうベタベタに甘やかして、ぐずぐずになるまで慰(なぐさ)めてやろう。
　　こくりと頷く真由の額に、そっとキスを落とす。
「……てっぺんになったら、もう１回キス、やり直そう」
　　真由がしたかったという可愛い願望を叶えてあげたい。
　　俺の言葉に、真由はぎゅうっと抱きついてきた。
　　俺の胸に顔を埋めて、頬をすり寄せてくる。

甘えるようなその仕草の可愛さといったら……。
「……あー……てっぺんまで待てないかも……」
もうお手上げだ。
この可愛さに太刀打ちできる日は、きっと一生来ない。

【side真由】

「こうくん……今日は本当にありがとうっ……」
手を繋ぎながら遊園地を出た。
ここに入るときは、辛い気持ちを抱えていたけれど……今は幸せな気持ちでいっぱいだ。
私が誤解して１人で空回りしてしまったのに、こうくんはずっと慰めてくれた。
不安を全部取り除いてくれた。
ここ最近抱えていたモヤモヤが全部晴れて、自然と笑みがこぼれる。
「ふふっ……帰るの寂しいね」
もっと一緒にいたかったな……と思いながら、握る手に少しだけ力を込めた。
「帰したくないって言ったら……どうする？」
……え？
「ていうか、帰さないけど」
どういうこと……？
不思議に思ってこうくんのほうを見ると、意味深な笑みを浮かべていた。

「行こう」
　え？　えっ……？
「ど、どこに？」
「秘密」
　わけがわからず、手を引かれるままについていく。
　こうくんはタクシーを捕まえ、私は頭にハテナマークをたくさん並べながら隣に乗車した。
「わっ……！」
　連れて来られたのは、近くの綺麗なホテルだった。
　有名なところで、一度行ってみたいなぁと思っていたホテル。
「すごい……！　ここ、どうしたのっ……！」
「真由とゆっくり過ごそうと思って予約した」
　予約したって……こんなところ、すごく高かったと思うんだけど……。
　ふと、バイトに明け暮れていたこうくんを思い出した。
　この日のために……頑張ってくれたの……？
　こうくんの気持ちが、何よりも嬉しい。
「今日、俺と泊まってくれる？」
「でも、私お母さんに……」
「真由のお母さんにはもう許可取ってある。あとは真由の気持ち次第」
　いったいどこまで用意周到なんだろうと驚いた。
　こうくんはこの日のために、先回りしてたくさん計画してくれたんだ。

それなのにあんな誤解をして……つくづく申し訳なくなってしまう。
　私、本当にすごく愛されてるんだ……。
　そう実感せずにはいられなかった。
「こうくんと……いたい」
　答えなんて、イエスに決まってる。
「じゃあ決まり。……よかった」
　こうくんはそう言って、とても嬉しそうに笑った。
　泊まる部屋に、ホテルのスタッフさんがディナーを用意してくれた。
　全部私の好きなもので、「美味しい」と何度も言葉が溢れてしまう。
　あっという間に食べ終えて２人で話していると、コンコンコンと部屋をノックする音が響いた。
　扉を開けて入ってきたのは、またしてもスタッフの人。
　その手には、大きなホールのケーキが乗せられたお皿が。
「えっ……」
　ろうそくが灯ったケーキが、私の前に置かれる。
　それは、私の大好物だった。
「イ、イチゴタルト……！」
　目を輝かせる私に、こうくんが優しく微笑む。
「火、消していいよ」
「うん！　ふぅーっ……！」
　ケーキの上には、１枚のプレートが乗っていた。
　そこには、『真由いつもありがとう』の文字が。

「これ……」
「……真由、俺と半年を迎えてくれてありがとう。これからもずっと、俺の隣にいてください」
「……こ、こうくん……」

　ずるいよ。
　そんなこと言われたら……泣いちゃう。
　嬉しすぎて、どうしたらいいかわからない。
「ふふっ、どうした？」
　席から立ち上がって、こうくんにぎゅっと抱きついた。
　瞳から、ポロポロと溢れる涙。
「ありがとうっ……こんな、素敵な……っ、私、私のほうこそ……ずっと一緒にいてくださいっ……」
　隣にいさせて……っ。
　優しく抱きしめ返してくれるこうくん。
　その温もりに、目を閉じた。
「愛してるよ、真由」
　耳元で囁かれた、愛の言葉。
「私も……っ」
　今日は間違いなく、生まれてから１番幸せな日……。
　こうくんのおかげで、一生の思い出になった。

「そろそろ寝るか？　今日１日中遊んで疲れただろ？」
　ケーキを食べて、お風呂にも入って、２人で並んでベッドに座った。
「えへへっ、全然疲れてないよ……！」

「本当に？」
「うん！」
「じゃあ明日も遊ぶから、それに備えて寝よう」
「はいっ……！　……あ！」
　そうだ……！　忘れてた……！
「ん？　どうした？」
「あ、あのね……」
　不思議そうに私を見つめるこうくんに、カバンから取り出したものを渡す。
「これ……」
　ラッピングしたそれを見て、こうくんは目を大きく見開いた。
　この日のために作った、手編みのマフラー。
「プレゼント……。大したものじゃないんだけど……」
　こうくんがしてくれたことに比べたら随分劣ってしまうけれど、こうくんのことを思って頑張ったんだ。
「開けていい？」
　こくりと頷くと、こうくんは綺麗にラッピングを解いていく。
「マフラー……これ、もしかして……手作り？」
「う、うんっ……でもなんだか安っぽくて、申し訳ないんだけど……」
「そんなことない……すっげー嬉しい」
　こうくんはそう言って、私を強く抱きしめた。
「手作りとか1番嬉しい。死ぬまで大事にする」

「ふふっ、こうくんはいつも大げさだよっ」
「何も大げさじゃないって。真由が俺のためにしてくれることは、全部嬉しい。俺にとっては何にも代えられないくらいのことだから」

　私が作ったものをあげて、こんなに喜んでくれるのはきっとこうくんくらいだ。

　ああ……今さらだけど、どうしてこうくんの愛を疑ったりしたんだろう。

　こんなにもまっすぐ愛してくれているのに。

　もう絶対に、疑ったりしない。

　不安なんて、1つもない。

　大好き……。

「んっ……」

　じっと見つめていると、こうくんの唇が触れた。

「こう、くんっ……」
「真由……好きだ……」

　甘い口づけと、愛の言葉に、心が溶けていくみたい。

「可愛い……ほんと、好き……」

　全身で愛しいと伝えてくれるこうくんに、私も必死で答えた。

　唇が離れて、こうくんがふっと笑う。

「ありがとう。大事にするな」

　マフラーを綺麗にたたんで、枕元に置いたこうくん。

「あ、の……」
「ん？」

「今日も……何もしない、の？」
「……っ」
　私の言葉に、こうくんは目を見開いた。
　今日も……寝るだけ……？
　それは……ちょっと、寂しい……
「私……もっとこうくんに、近づきたいよ……」
　引かれるかもしれないと思いながらも、素直な気持ちを口にする。
　こうくんは息を呑んで、じっと私を見つめてきた。
「……いいのか？」
　真剣な眼差しに同じものを返して、こくりと頷く。
「うん……」
「……ごめん。正直そういう気持ちもあった。真由と１つになりたいって、ずっと思ってた」
　そう言って抱きしめてくれるこうくんが、たまらなく愛しかった。
「ふふっ……そんなふうに思ってくれて、嬉しい」
「……真由、こっち見て」
　私の頬に手を添えて、視線を交わす。
「……愛してる。世界で１番」
　紡がれた愛の言葉に、
「私も……愛してる……っ」
　私は初めて、同じ言葉を返した。
　大好きだよ、こうくん……。

「ん……」
　あれ……朝……？って、
「……っ、こ、こうくん……また寝顔見てたの……!?」
　目が覚めてまず飛び込んできた、こうくんの顔。
　バッチリ目は開かれていて、瞬時に状況を理解した。
「うん。可愛かった」
「も、もう……」
　相変わらず悪気がなさそうな無邪気な笑顔に、毒気が抜かれ何も言えなくなる。
　は、恥ずかしいから、やめてほしいんだけどなぁ……。
「おはよう、真由」
「おはようっ……」
　……まあ、こうくんが幸せそうだからいっか……。
　口元を緩めて、こうくんの胸にぴったりと寄り添う。
「ふふっ、朝からとっても幸せな気持ち……」
　こんなに幸せな朝は……初めてだ。
「……朝から可愛いこと言うな」
「……またそういうこと……」
「ていうか、身体は平気？　どこか痛いところないか？」
「ふふっ、平気だよ」
　心配してくれるこうくんに、笑顔を見せた。
　そのとき、首元にひんやりとした感触が走る。
　……ん？　なんだろう……。
「……え？」
　……何、これ……。

「こうくん……これ……」
　自分の首にかかっていたのは、花のモチーフがついた、可愛いネックレスだった。
　見覚えのないそれに、こうくんのほうを見る。
「半年記念日のプレゼント」
　ニコッと笑うこうくんに、頭が追いつかなかった。
　だって、遊園地で……。
「もう、香水もらったよ……？」
「こっちが本命」
　本命って……そんな……。
「……っ、こうくんずるい……」
　私のこと、どこまで感動させるんだろうっ……。
　昨日から……こんな幸せなことばっかり。
「どうしてこんなにカッコいいことばっかりするの……？」
　私……もう心臓が持たないよっ……。
「……え、いや……カッコいいって、本当に思ってんの？」
「お、思うよ……！　こうくん、いつもカッコよすぎてずるいもん……」
「ヤバい、それもう1回言って」
　どうやら「カッコいい」という言葉がお気に召したのか、催促してくる可愛いこうくん。
　胸がキュンッと高鳴って、たまらなく愛しかった。
　そっと手を伸ばし、こうくんの頬に手を添える。
　──ちゅっ。
「世界で1番カッコいい……大好きっ……」

触れるだけのキスをして、こうくんが望んでいる言葉を渡した。
「……真由、それは反則」
「……え？」
「今のは真由が悪い。もうどうなっても知らないから……」

【END】

あとがき

　このたびは、数ある書籍の中から『キミが可愛くてたまらない。』を手に取ってくださり、ありがとうございます。
　とてもありがたいことに"溺愛シリーズ"として6冊書かせていただけることが決まり、本作はその記念すべき第1作目となります！
　このような機会をいただけたのも、いつも応援してくださる皆様のおかげです。
　温かい応援、本当にありがとうございます。

　今作は、幼なじみ×溺愛をテーマに、とても楽しく書かせていただきました。
　私の趣味全開となっているのですが、少しでも、胸キュン・ワクワクを感じていただけたでしょうか……？
　いつも、何度読み返しても面白い作品を目指し執筆しているので、この『キミが可愛くてたまらない。』が、皆様にとってそんな存在になることができれば嬉しいです。
　また、今作に出てきた従姉妹の莉子ちゃんは、溺愛シリーズ2冊目（次回作）の主人公です。
　煌貴くんの友人で、少し愛情深すぎる京壱くんとその幼なじみの乃々ちゃんのお話は、3冊目で書かせていただく予定です。
　この2カップルのお話も、甘々溺愛全開で行きますので、

またチェックしていただけると嬉しいです！

　今回このような形で書籍化が叶ったのは、たくさんの方のお力添えがあったからこそです……！
　溺愛シリーズが生まれるきっかけを作ってくださった、前担当の飯野様。
　いつも優しく的確なアドバイスをくださった聖母のような担当の本間様。
　優しくサポートしてくださり、私の拙い文を正してくださった加藤様。
　いつもとびきり可愛くて素敵なイラストを描いてくださる覗あおひ様。
　心身ともに支え、私の良き理解者でいてくれるお母さん。
　いつも的確なアドバイスをくれる、誰よりも尊敬しているお父さん。
　世界一可愛いお姉ちゃん、妹。
　そして、いつも温かく見守ってくださる、大好きな読者の皆様。
　書籍化にあたり、携わってくださった全ての方に、深く感謝申し上げます。
　溺愛シリーズ、ここからまだまだ続きますので、今後の作品にも注目していただけると嬉しいです。
　次回作でもお会いできることを願っております！

2018年11月25日　＊あいら＊

この物語はフィクションです。
実在の人物、団体等とは一切関係がありません。

*あいら*先生への
ファンレターのあて先

〒104-0031
東京都中央区京橋1-3-1
八重洲口大栄ビル7F

スターツ出版(株)書籍編集部 気付
*あいら*先生

キミが可愛くてたまらない。

2018年11月25日　初版第1刷発行
2021年11月10日　　　第5刷発行

著　者	＊あいら＊
	©＊Aira＊ 2018
発行人	菊地修一
デザイン	カバー　金子歩未（hive&co.,ltd）
	フォーマット　黒門ビリー＆フラミンゴスタジオ
DTP	朝日メディアインターナショナル株式会社
編　集	本間理央
	加藤ゆりの　三好技知（ともに説話社）
発行所	スターツ出版株式会社
	〒104-0031 東京都中央区京橋1-3-1　八重洲口大栄ビル7F
	出版マーケティンググループ　TEL03-6202-0386
	（ご注文等に関するお問い合わせ）
	https://starts-pub.jp/
印刷所	共同印刷株式会社
Printed in Japan	

乱丁・落丁などの不良品はお取り替えいたします。上記出版マーケティンググループまでお問い合わせください。
本書を無断で複写することは、著作権法により禁じられています。
定価はカバーに記載されています。

ISBN 978-4-8137-0570-3　C0193

読むたび何度でも恋をする…全力恋宣言!
毎月25日はケータイ小説文庫の日♥

心に沁みるピュアラブやキラキラの青春小説、
「野いちご」ならではの胸キュン小説など、注目作が続々登場!

ケータイ小説文庫　2018年11月発売

『オオカミ系幼なじみと同居中。』 Mai(マイ)・著

16歳の未央はひょんなことから父の友人宅に居候することに。そこにはマイペースで強引だけどイケメンな、同い年の要が住んでいた。初対面のはずなのに、愛おしそうに未央のことを見つめる要にキスされ戸惑う未央。でも、実はふたりは以前出会っていたようで…? 運命的な同居ラブにドキドキ!
ISBN978-4-8137-0569-7
定価:本体610円+税

ピンクレーベル

『キミが可愛くてたまらない。』 *あいら*・著

高2の真由は隣に住む幼なじみ・煌貴と仲良し。彼はなんでもできちゃうイケメンで女子に大人気だけど、"冷血王子"と呼ばれるほど無愛想。そんな煌貴に突然「俺のものになって」とキスされて…。お兄ちゃんみたいな存在だったのに、ドキドキが止まらない!! 甘々120%な溺愛シリーズ第1弾!
ISBN978-4-8137-0570-3
定価:本体590円+税

ピンクレーベル

『新装版 サヨナラのしずく』 juna(ジュナ)・著

優等生だけど、孤独で居場所がみつからない高校生の雫。繁華街で危ないところを、謎の男・シュンに助けられる。お互いの寂しさを埋めるように惹かれ合うふたりだが、元暴走族の総長だった彼には秘密があり、雫を守るために別れを決意する。愛する人との出会いと別れ。号泣必至の切ない物語。
ISBN978-4-8137-0571-0
定価:本体570円+税

ブルーレーベル

書店店頭にご希望の本がない場合は、
書店にてご注文いただけます。